光文社文庫

文庫書下ろし／長編時代小説

# 鉄《てつ》槌《つい》

隠密船頭（十四）

稲葉　稔



光　文　社

この作品は光文社文庫のために書下ろされました。

『鉄槌』目次

小石川
白山
伝通院
神明宮
中山道
駒込
水戸徳川家
春日町
水道橋
千駄木
駒込追分
加賀前田家
本郷
道灌山
日暮里
霊雲寺
湯島天神
神田大明神
池之仲町端
不忍池
弁天
明神下
根岸
谷中
東叡山寛永寺
下谷広小路
神田
下谷金杉町
御徒町
三味線堀
広徳寺
幡随院
下谷竜泉寺町
甚内橋
元鳥越町
鳥越川
阿部川町
新吉原
千住大橋
御蔵前片町代地
新堀川
日本堤
東本願寺
御蔵前
御蔵前通り
浅草寺
小塚原
御米蔵
首尾の松
田原町
西仲町
材木町
浅草広小路
並木町
雷門
奥山
浅草
山谷町
新鳥越町
新鳥越橋
駒形町
石原橋
御厩河岸之渡
花川戸町
日光道中
駒形堂
浅草
竹町之渡し
吾妻橋
山谷堀
今戸橋
今戸町
浅草橋場町
揚場
白鬚之渡し
中之郷竹町
中之郷
瓦町
源森川
竹屋之渡し
三囲稲荷
長命寺
向島墨堤
木母寺
隅田村
北割下水
小梅村
須崎村
寺島村
業平橋
小梅村
天神橋
押上村
亀戸天神

麹町
番町
千鳥ヶ淵
半蔵御門
田安御門
虎之御門
西之御丸
外桜田御門
新シ橋
雉子橋御門
江戸城
和田倉御門
一橋御門
幸橋
土橋
南町奉行所
北町奉行所
鍛冶橋御門
汐留橋
数寄屋橋御門
呉服橋御門
常盤橋御門
神田橋御門
竜閑橋
鍛冶町
昌平橋
三十間堀
京橋
数寄屋町
西本願寺
日本橋
魚河岸
内神田
和泉橋
佐久間河岸
神田川
楓川
八丁堀
弾正橋
海賊橋
荒布橋
中之橋
大伝馬町
小伝馬町
通油町
亀井町
江戸橋
八丁堀組屋敷
柳原土手
左衛門河岸
中之橋
亀島橋
南茅場町
日本橋川
小網町
馬喰町
横山町
伝次郎の自宅
霊岸橋
亀島川
稲荷橋
川口町
一ノ橋
新川
行徳河岸
両国西広小路
浅草橋
銀杏八幡
福井
北新堀町
箱崎町
崩橋
浜町堀
薬研堀
箱崎川
霊岸島
二ノ橋
佃島
石川島
永久橋
両国橋
柳橋
永代橋
下之橋
大川端
一ツ目之橋
尾上町
藤代町
大川
熊井町
佐賀町
上之橋
万年橋
新大橋
御船蔵
南本所元町
駒留橋
横網町
深川中島町
千鳥橋
今川町
大日横町
弁天町
相生町
回向院
御竹蔵
海辺大工町
六間堀
北之橋
六間堀町
松井町
油堀
材木町
万年町
猿子橋
中ノ橋
竹河岸
亀沢町
越中島
亥ノ口橋
富岡橋
海辺橋
高橋
山城橋
弥勒寺橋
二ツ目之橋
永代寺
深川
小名木川
緑町
蓬莱橋
冬木町
仙台堀
深川元町
五間堀
南割下水
富岡八幡宮
本所
霊巌寺
亀久橋
竪川
雲光院
三ツ目之橋
洲崎
木場
北辻橋
大横川
扇橋
猿江橋
南辻橋
新辻橋
亀戸村
長崎橋
西
北
東
南
四ツ目之橋
猿江町
御材木蔵
0
1km
横十間川

## 『鉄槌　隠密船頭（十四）』おもな登場人物

**沢村伝次郎**　……　南町奉行所の元定町廻り同心。一時、同心をやめ、生計のために船頭となっていたが、南町奉行の筒井伊賀守政憲に呼ばれて内与力格に抜擢され、奉行の「隠密」として命を受けている。

**千草**　…………　伝次郎の妻。

**与茂七**　………　町方となった伝次郎の下働きをしている小者。

**粂吉**　…………　伝次郎が手先に使っている小者。元は先輩同心・酒井彦九郎の小者だった。

**筒井政憲**　……　南町奉行。名奉行と呼ばれる。船頭となっていた伝次郎に声をかけ、「隠密」として探索などを命じている。

# 鉄槌　隠密船頭（十四）

# 第一章　再詮議

一

天保《てんぽう》十二年（一八四一）閏《うるう》一月――。

年が明けた早々、江戸の町は大火に見舞われた。

正月五日に根岸《ねぎし》から火の手が上がり、金杉《かなすぎ》・札《ふだ》の辻《つじ》まで焼け、六日には、四谷御《よつやお》箪笥町《たんすまち》から出た火で四谷伝馬町《てんまちょう》から麹町《こうじまち》までが延焼した。

さらに九日には青山甲賀《あおやまこうが》組屋敷から出た火が、御数寄屋町《おすきやまち》・浅河町《あさかわちょう》・若松町《わかまつちょう》などを焼いてしまった。

火事を知らせる早鐘《はやがね》の音を聞くと、誰もがびくびくと黒煙の漂う空を眺め、近くだと察知すれば逃げ支度をするという有様《ありさま》で、江戸市民は夜もおちおち寝ることができなかった。

さいわい沢村伝次郎《さわむらでんじろう》の住む川口町《かわぐちちょう》には火事も小火《ぼや》騒ぎもなく、近所の者たちは対岸の火事よろしく遠目に火事場の煙を眺め、

「こっちに来なければよいが……鶴亀《つるかめ》鶴亀……」

と、我が身のさいわいに胸を撫《な》で下ろすのだった。

そんな按配《あんばい》なので、正月気分が抜けるのも早く、江戸の町人らは早々と普段の暮らしに戻っていた。

「旦那、今日は御番所《ごばんしょ》に行くんですね。おれもお供をするんですか」

朝の庭稽古が終わったあとで、与茂七《よもしち》が伝次郎を見た。与茂七の顔には大粒の汗が張りついていた。

伝次郎は縁側に行って腰を下ろし、木刀をそばに置いた。その朝、南町奉行所より使いの者が来て、奉行の筒井《つつい》政憲《まさのり》が会いたいという旨《むね》を告げて帰っていった。

「供はいらぬが、暇だからついてまいれ」

伝次郎が汗をぬぐって言うと、与茂七は破顔《はがん》した。

「なにか大きな仕事でしょうか？」

「それはわからぬ」

伝次郎はそう答えたが、昨年の暮れよりこれといった役目を仰《おお》せつかっていなかった。今日の呼び出しは久し振りなので、よほどのことが出来《しゅったい》しているのかもしれない。

「あんまり暇だと、やることがなくてつまらないんですよ」

与茂七は胸をはだけさせて汗をぬぐう。

「暇なほうがそれだけ世間が落ち着いているということだ。つまらないなどと言うものではない」

「ま、そうですけど……」

与茂七はひょいと首をすくめると、玄関のほうに歩き去った。

伝次郎は晴れた空を眺めた。たしかにここしばらく、筒井奉行からの指図はなかった。暇はよいのだが、あまりにも沙汰《さた》がないと、用なしになったのではないかと、心の片隅で思うことがある。

それというのも、伝次郎は正式な奉行所の役人ではない。再雇用の形で、内与力《うちよりき》並《なみ》という肩書きを得て筒井奉行に仕えているが、それはあくまでも筒井の家来としての扱いである。筒井が町奉行所を去れば、伝次郎は浪人身分に戻る。

それはそれでよいと、前々から覚悟をしているが、その際の身の振り方を考えておかなければならない。このところ考えるのはそのことであった。

「おかみさん、飯を食ったら出かけますから……」

与茂七の声が台所のほうから聞こえてきた。つづいて千草《ちぐさ》の声も。

「旦那についていくのね」

「そうです。この頃、御番所に行ってませんからね。それより、火の元には気をつけてくださいよ。年明けから大きな火事がつづいて物騒《ぶっそう》じゃありませんか」

「火のまわりには十分気をつけているから心配ないわ」

「おかみさんが気をつけていたって、隣近所のやつが不用心して火を出すってこともありますから」

そんなやり取りをよそに、伝次郎は庭に咲いている桃の花に目をやった。蜜を吸いに来たのか、数匹の蝶《ちょう》が花に止まった。

(役目を下りることになったら……)

伝次郎は空に浮かぶ白い雲に目をやった。この家も出ることになるし、給金も入らなくなる。つぎの生計《たつき》を考えなければならないが、内心ほっとするものもある。筒井から指図を受けての役目には危険が伴う。運が悪ければ、命を落とすことだってある。千草は平静を装ってはいるが、いざ伝次郎が役目に任じられれば気が気でないほど心配している。

むろん、伝次郎だけにではない。居候《いそうろう》の与茂七や小者《こもの》の粂吉《くめきち》のことも気にかける。

そんなことで、伝次郎は筒井から暇を出されるのを、心の隅で期待している自分がいることもわかっている。

（さて、どうしたものか……）

心のうちでつぶやいたとき、千草が飯の支度ができたと座敷にあらわれた。

奉行の筒井は毎日のように登城し、諸処《しょしょ》の報告を兼ねた打ち合わせを終え、町奉行所に戻ってくるのは概《おおむ》ね八《や》つ（午後二時）過ぎである。その時刻を見越して、伝次郎が与茂七を伴って川口町の自宅屋敷を出たのは、八つ前だった。

この時季はいやに暖かくなったと思えば、急に寒《かん》の戻りもある。それでも、春の花が目を和《なご》ませる。白木蓮《はくもくれん》に雪柳《ゆきやなぎ》、そして梅。ときおり風が沈丁花《じんちょうげ》の甘い香りを運んでもくる。

与力が出勤する際には、槍持《やりもち》・草履《ぞうり》取り・挟箱《はさみばこ》持ち・若党《わかとう》の供をつけるが、伝次郎は内与力並であり、奉行所の正式な役人ではない。よって、供連れはなくてもよいし、つけてもよい。それは伝次郎の勝手次第で、与茂七を連れているだけだ。

奉行所の表門を入ると、与茂七を門そばにある腰掛けで待たせ、伝次郎は玉砂利の敷かれた庭を横切り、奉行所の脇にまわって内玄関に向かった。

玄関番の同心《どうしん》に来着を告げると、すでに筒井から通達が行っていたらしく用部屋で待つことになった。

正座をして目をつむり、静かに筒井を待つ。奉行所内はいたって静かだ。誰かが廊下を歩く足音もどこか遠くに聞こえる。

日々罪人の裁きを行う詮議《せんぎ》所や裁許《さいきょ》所から遠いからだろう。

と、思いきや内玄関に慌《あわ》ただしい動きのある気配が感じられ、つづいていくつもの足音が廊下を進んでいき、やがて音がしなくなった。筒井奉行が帰邸したとわかった。

それからほどなくして奥の襖《ふすま》が開き、筒井が姿を見せた。

二
「沢村、変わりないようだな」

筒井は伝次郎の前に座りながら口を開き、面《おもて》をあげよと命じた。

平伏《へいふく》していた伝次郎がゆっくり顔をあげると、筒井はいつものにこやかな顔で見てきた。

「御奉行もお変わりないようで何よりでございます」

「うむうむ。それにしても正月早々、江戸は騒がしいな。火事つづきで大忙しだ。もっとも火消し連中のことであるが、町奉行所もそれに合わせたように手が足りなくなっておる」

「火事場泥棒や火付け捜しでございましょうか？」

「まあ、それもある。呼んだのは他《ほか》でもない」

町奉行は多忙の身であるから、筒井は無駄な長話はしない。

「昨年の暮れからあれやこれやと詮議書に目を通しておったのだが、永尋《ながたず》ねが妙に多い。これは放っておくわけにはいかぬ。わしがこの役所にいる間に、少しでもその嵩《かさ》を減らさなければならぬ」

永尋ねとは、逃亡した罪人を期限をつけずに探索することである。時効は六十年となっているが、実際に永尋ねになれば、そのほとんどの探索は打ち切りとなる。

「さように多うございますか……」

「多すぎるほどだ」

筒井はそう言って小さく嘆息《たんそく》した。すでに還暦を超えているので、しわや皮膚のたるみは隠せないが、目の輝きは変わっていない。小柄ながら、器量の為《な》せる業《わざ》か実際より大きく見える。

伝次郎も以前は筒井の下にいた同心であるから、その人柄は少なからずわかっている。伝次郎なりに筒井を評するなら、一切の私曲《しきょく》もなく、ことに臨んでは迅速な裁量をする人である。

「とくに目をつけたのがこれだ」

筒井は懐から二枚の半紙を取りだして、伝次郎の前に滑らせた。

「五年前のことである。下手人《げしゅにん》は武州《ぶしゅう》浪人・三枝甲右衛門《さえぐさこうえもん》。こやつは湯島横町《ゆしまよこちょう》にある孫作店《まごさくだな》なる長屋の家主・長峰与兵衛《ながみねよへえ》一家五人を殺害のうえ金を盗んで逃亡しておる。当初、下手人のことはわからなかったが、詮議を進めるうちに三枝甲右衛門の仕業《しわざ》だと判明いたした。されど、その三枝の行方は不明のままだ」

伝次郎は筒井の声を聞きながら膝許《ひざもと》にある半紙に目を凝らした。その半紙は口書《くちがき》から写し取られたものだった。

「盗まれた金の多寡《たか》はわからぬが、親戚縁者の話から察するに百両は下らぬらしい」

「詳しいことを知らなければなりませぬが、三枝甲右衛門が何故《なにゆえ》下手人だとわかったのでございましょう?」

「それに書いてもあるが、殺されたのは与兵衛とその女房、長男の公吉《こうきち》、そして二人の娘であった。その末の娘、おしんと言うが、瀕死《ひんし》の傷を負い医者の手当てを受けておった。それが凶事発覚から二日目に息を吹き返し、三枝甲右衛門の仕業だったと、はっきり明かしたのだ。おしんは父与兵衛の代わりに何度か孫作店の店賃《たなちん》を取りに行っており、その長屋の店子《たなこ》だった三枝甲右衛門を知っていた。襲われたとき、おしんは三枝の顔を見ていたのだ」

「おしんは生きているのでございますか？」

筒井は首をゆっくり横に振った。

「息を吹き返しはしたが、傷が深かったのであろう、三日後に息を引き取っておる」

つまり長峰与兵衛一家は全滅したということになる。

「殺された長峰与兵衛は孫作店の持ち主だったのでございますか」

「孫作店だけでなく、他にも四軒の長屋を持っていた。つまり、家持ちだったのだ。御家人株《ごけにんかぶ》を買って苗字帯刀《みようじたいとう》を許されてもいた」

それだけ金持ちだったということだ。

「この一件を調べたのは誰でございましょう？」

「もうおらぬ。定町廻《じようまちまわ》りの貞方栄之進《さだかたえいのしん》だ。二年前、博奕《ばくち》の取締りに行った際、腹を刺されて殺されたのだ」

貞方栄之進……。伝次郎は知っている。年も同じぐらいの同心だった。以前は、定町廻りではなかったので、伝次郎が町奉行所を去ったあとで異動になったのだろう。

「貞方を刺した者は？」

「いっしょに行った他の同心がその場で斬り捨てた」

「その同心は……」

伝次郎はまっすぐ筒井を見る。

「松田久蔵《まつだきゅうぞう》だ」

伝次郎は唇を引き結んだ。

かつていっしょにはたらいた同心だ。伝次郎とは昵懇《じっこん》である。

「下手人の三枝甲右衛門ですが、ただの浪人なのでしょうか？　それともいずこかの大名家《だいみょうけ》の家来だったとか……」

「長峰与兵衛宅には人別帳《にんべっちょう》が残されていた。それには三枝のことが細かく書かれていたが、すべて出鱈目《でたらめ》であった」

（なんと……）

伝次郎は胸中であきれたようにつぶやく。

「追う手立てはいまのところなきに等しいが、こやつは放っておける罪人ではない。極悪人だ。他の同心らは年明け早々に起きた火事で忙しく動いておる。火事場に出没した泥棒捜しと、火付け捜しだ。さようなことなので手がまわらぬ。難しい詮議になると思うが、沢村、ひとつ手をつけてくれ」

「承知つかまつりました」

「それにしても、わしもこの職に就いて長い。もう二十年だ」

筒井は語調を変えた。

引き締めていた表情がにわかに和《やわ》らぎ、好々爺《こうこうや》の顔つきになった。

「そろそろ潮時《しおどき》だと考えておるが、ご老中《ろうじゅう》はわしをやめさせようとしない。老体に笞《むち》打っておるのに困ったものだ」

「それだけ御奉行が頼りにされているということでございましょう」

「そうであるかどうかわからぬよ。ともあれ沢村、いまのこと頼んだ」

筒井はそう言うなり、年に似合わぬ身のこなしで立ちあがると、さっさと去って行った。

三

南町奉行所を出た伝次郎は、与茂七と数寄屋橋《すきやばし》をわたると西紺屋町《にしこんやちょう》の茶屋に立ち寄った。

「お役目をいただいたのですね」

茶屋の小女《こおんな》が茶を運んできて去ると、与茂七が口を開いた。伝次郎はうむとうなずくと、筒井からもらった二枚の書付を取り出してもう一度目を通した。与茂七がのぞき込んでくる。

「ことは五年前に起きている。これは厄介《やっかい》だ」

伝次郎はふうと嘆息して、書付を与茂七にわたした。受け取った与茂七は真剣な顔で目を通す。

「どこから調べるか……」

つぶやく伝次郎はお堀の向こうにある町奉行所の屋根を眺める。下手人の名前はわかっているが、人別帳に書かれていたことがすべて嘘なら、名前も偽名かもしれない。

調べを受け持っていた同心は、すでにこの世にはいない。

「与茂七、おまえならどこから手をつける？」

伝次郎は書付を読んでいる与茂七に声をかけた。自分の役目を手伝っている与茂七にも考えてもらわなければならない。

いつまでも小者として使うつもりはないが、いっしょに仕事をするからには、自主性のある男になってもらいたい。

「どこから……」

与茂七は書付を丁寧に畳《たた》んで伝次郎に返した。

「殺された長峰与兵衛一家のことを、まずは調べるべきじゃありませんか」

「もっともなことだ。それで……」

「永尋ねになっているのですね。ってことは、しばらく下手人の三枝甲右衛門を追っていた同心の旦那がいるはずですね。その旦那から話を聞きたいと思います」

「残念ながら、その同心は死んでいる」

「へっ……」

目をまるくする与茂七に、伝次郎は筒井から聞いたことを話した。

「それでも、その貞方さんはそれなりの詮議をしていたはずですよね」

「むろん調べは進めていたはずだ。されど、三枝の行方をつかみきれなかったのだろう」

「まったくでしょうか……」

「どこまで調べていたか、それはわからぬ。だが、永尋ねになっているということは、追う手掛かりをつかみきれなかったのだろう。そう考えるしかない」

「それが五年前ですか……」

「永尋ねになったのは半年後だ。殺された貞方は、少なくとも半年は三枝を追っていただろう」

「貞方さんに子供はいるのですか？」

「いる」

伝次郎はその子供の名前と顔を、忘れてはいるが知っている。

「でしたら、会って話を聞くべきですね」

「それで他には……」

伝次郎は与茂七に考えさせる。

「殺された長峰与兵衛一家のことも調べなきゃならないですね。どうして三枝が長峰一家を襲って殺したか。単なる金目あてだったのかもしれませんが、一家を襲った三枝には長峰与兵衛になんらかの意趣《いしゅ》があったのかもしれません」

「そうだな。それで、どこから手をつける」

伝次郎は茶を飲んで与茂七の返事を待つ。

「おれは貞方さんの跡取りには会いにくいので、長峰一家のことを調べると思います。長峰与兵衛の長屋がまだあるかどうかわかりませんが、そのことも調べるべきじゃ……」

「おぬしにしては上出来だ」

褒《ほ》めてやると、与茂七は照れくさそうな笑みを浮かべた。

「よし、条吉にこのことを知らせ、長峰与兵衛のことを洗ってこい」

「旦那は？」

「おれは松田さんに会う」

そう言った伝次郎は、貞方栄之進の跡を継いでいるはずの長男からも話を聞こうと決めていた。

「それじゃ条さんちに行って、早速調べてみます」

伝次郎が「うむ」とうなずくと、与茂七は茶を飲みほして立ちあがった。

与茂七を見送った伝次郎は再び奉行所に戻った。松田久蔵がいるかどうかわからなかったが、案《あん》の定《じょう》、同心詰所にその姿はなかった。

「貞方栄之進の長男がいると思うが、知っているか？」

伝次郎に聞かれた同心は、吟味方《ぎんみかた》にいると教えてくれた。

「名は何と言う？」

「辰之助《たつのすけ》です。吟味方といってもまだ助役《すけやく》です」

助役というのは見習《みならい》である。これは与力も同じで、親の跡を継いで奉行所に入ると、必ず見習から仕事を覚えることになる。それから順次、本勤並《ほんづとめなみ》・本勤と上がっていき、古参になって支配となる。

伝次郎は吟味方詰所を訪ね、辰之助と向かい合った。まだ二十歳の若者だった。

「父のことを……」

「うむ。二年前にそなたの父御《ちちご》が亡くなったことは御奉行より聞いておるが、知りたいのはその前、五年前のことだ」

「五年前……」

辰之助はくりっとした大きな目をみはった。父・栄之進は切れ長の目をしていたので、辰之助はおそらく母親に似たのだろう。

「五年前、栄之進は長峰与兵衛という家持ち一家を惨殺して金を盗んで逃げた男を追っていた。男の名は三枝甲右衛門という」

「詳しくは知りませんが、話は聞いています」

伝次郎はきらっと目を光らせた。

「どんなことを聞いた？」

「いえ、父が三枝という下手人を追っていたことです。ですが、尻尾《しっぽ》をつかめず永尋ねになったということです。そのことで父が悔しがっていたのを知っている程度です」

伝次郎はわずかに落胆した。辰之助は当時十五歳だったから、貞方は役目のことを詳しく話していなかったのだろう。

「五年前だが、栄之進が使っていた小者や中間《ちゅうげん》はどうしている？」

「わたしがそのまま引き継いでいます。もっとも、父の代からいるのはひとりだけです」

「何という者だ？」

「彦市《ひこいち》といいます」

伝次郎はあの男かと思った。ぼんやりとしか覚えていないが、小柄で丸顔の男だったはずだ。

「岡っ引きも使っていたと思うが、知っておるか？　五年前の詮議のときに使っていた手先ということだが……」

「うちに出入りしていた岡っ引きは何人かいますが、五年前でしたら神田仲町《かんだなかちょう》の文七《ぶんしち》です」

神田仲町は、殺された長峰与兵衛の家の近くだからもっともなことだ。

「文七だな」

「はい」

「そなたの母御は達者であるか？」

「お陰様で。沢村様、五年前の殺しをお調べになるので……」

伝次郎は小さくうなずいた。

「わたしでお役に立つことがあれば、何なりとおっしゃってください」

伝次郎はそのときには声をかけると言っておいた。

四

辰之助と別れた伝次郎は、もう一度同心詰所に行ったが、松田久蔵はやはりいなかった。会うのはあとまわしにするしかないが、夜にでも組屋敷を訪ねればすむことだ。

町奉行所を出た伝次郎は、そのまま八丁堀に向かった。

八丁堀に入ると、まっすぐ貞方辰之助の組屋敷を訪ねた。昔伝次郎が住んでいた組屋敷からほどないところだった。

片開きの木戸門を入ると、庭にいた男が顔を向けてきた。伝次郎にはすぐに中間の彦市だとわかった。彦市も伝次郎に気づいたらしく、

「これは沢村様」

と、声をかけてきた。

「しばらくであるな」

「はい、ご無沙汰《ぶさた》をしております。旦那が御番所に戻られたことは知っていましたが、お姿を見ることはありませんで……」

「めったに御番所には行かぬからな。それより丁度よかった。おぬしは五年前、栄之進が三枝甲右衛門という下手人を追っていたとき助《すけ》をしていたな」

「やっておりました」

彦市はそう言って縁側に座るように勧めた。伝次郎は家の奥をちらりと見て、ご新造《しんぞう》はいるかと聞いた。

「いらっしゃいます。ご用がおありならお呼びしますか？」

「それはあとでいい。その三枝のことだが、どこまで詮議した。永尋ねになっているのは知っているが……」

「あれは厄介な調べでした。下手人のことがわかっていながら、追う手掛かりを見つけられなかったんです。三枝甲右衛門という浪人だというのはわかっていましたが、人別帳に書かれていたのはなにもかも嘘っぱちでした。それでやつの仲間を探ったんですが、これにも手こずりました」

「何故手こずった？」

「三枝と関わりのあった者は何人かいたんですが、そいつらは何も知らないんです。三枝がどんな浪人で、どうやって生計《たつき》を立てていたかも……。それに、やつが住んでいた長屋の者も三枝と付き合いがなかったんです」

「長屋は三枝が殺した長峰与兵衛の持ち家だったのだな」

「さようです。与兵衛は他に四軒の長屋を持っていました。なんでその与兵衛を三枝が殺したのか、それもわからなかったんです。与兵衛もその身内も三枝とは深い関わりはありませんで……まあ、やっぱり金目あてだったのではないかと話していました」

「三枝が与兵衛一家を襲ったあとの足取りは……」

「それがまったくわからなかったんです」

伝次郎は顎《あご》を短く撫でて考えた。三枝は凶行に及んだあと、煙のように消えたということか。

「与兵衛一家が襲われたときに、誰か気づいた者がいたのではないか？」

「それがいなかったんです。聞き調べはずいぶんやりましたが……」

「文七という岡っ引きも動いていたようだが、やつの調べも役に立たなかったということか……」

「旦那も、これじゃお手上げだと何度も嘆いていました」

「その挙げ句に永尋ねと決まった」

「へえ」

彦市から得るものはないようだ。

「すまぬが、ご新造に取り次いでくれぬか」

玄関に入った彦市はすぐに戻ってきて座敷に案内してくれた。待つことなく栄之進の妻おていが茶を運んできて、伝次郎の前に腰を下ろした。

「お目にかかるのはお初でございますけれど、沢村様のお噂《うわさ》はかねてより聞いておりました」

「わたしにはいろんな噂があるだろうが、よい噂であればよいな」

伝次郎は苦笑を浮かべて湯呑みを取った。

「悪い噂などあろうはずがございません。主人は残念がっていました。沢村様のような能のある方を御番所がなくすのは損だと」

おていは涼しい目許に小じわを寄せた。

「それにしても残念なことであった。遅ればせながらお悔やみ申しあげます」

「ありがとう存じます」

「先ほど、辰之助殿に会ってまいりました。あの様子ならしっかり父親の跡を継いでくれるでしょう」

「まだまだふつつか者でございます」

「伺《うかが》ったのは他でもない、五年前のことです」

伝次郎は湯呑みを膝許に戻して切り出した。

「五年前……」

「さよう。栄之進は三枝甲右衛門という下手人を詮議していたことがあった。ご新造はその頃のことを覚えておられるか？」

「与兵衛という家持ち一家を襲った人殺しでございますね」

「永尋ねになっているが、もう一度調べ直すことになったのだ。ご新造が何か聞いておれば教えてもらいたいと思い、訪ねてきたのだが……」

おていは視線を短く彷徨《さまよ》わせてから口を開いた。

「お役目のことはあまり話してもらえませんでした。と申すより、あの人は話したがらなかったのです。ただ……」

「なんでしょう？」

「三枝という人殺しの一件についてはひどく悔いていました。尻尾もつかめない、追う手掛かりもないと……。愚痴をこぼす人ではなかったので、そんなことを覚えています」

「三枝について何か聞いておりませぬか？」

おていは、ゆっくりかぶりを振った。

「残念ながら、わたしは何も聞いていないのです」

伝次郎は内心でため息をついた。無駄足だったかと。

「さようですか。まあ、わたしも身内には仕事のことは話しませんからわかります」

「あの件でしたら彦市のほうが詳しいと思うのですが……」

「さっき話を聞きました」

おていは残念そうな顔をした。

それから短い世間話をして、伝次郎は貞方の家を出た。

松田久蔵に会いたいが、それは夜になると、まだ明るい空を眺めた。

## 五

「三枝のことを詮議していた同心の旦那は、貞方さんだと言ったな」

歩きながら粂吉が顔を向けてきた。

「貞方栄之進さんです。知ってるんですか？」

与茂七は粂吉を見た。二人は須田町《すだちよう》の通りを歩いていた。もうすぐ筋違《すじかい》御門のある八辻ケ原《やつじがはら》だ。

「名前は聞いてはいるが、会ったことはないな。定町廻りになって日が浅かったんだろう。年はいくつだったんだ？」

「それは聞いてません」

与茂七はそういうことも聞いておくべきだったと、小さく唇を噛んだ。このところ伝次郎に、他人に頼らずおのれで考え、おのれで動けるようにしろと言われる。言われることはわかるが、うっかりが多いと、自分でもわかっている。

「しかし、五年前か……」

粂吉は遠くに視線を飛ばしながらつぶやく。与茂七はそんな顔を見て、やっぱり粂さんはおれと違うなと思う。ざっとした話しかしていないのに、深い考えをめぐらす顔をしている。実際そうなのだろうが、やはりその辺は経験の差かと、与茂七は思う。

昌平橋《しょうへいばし》をわたり、湯島横町に入った。下手人の三枝甲右衛門が住んでいた孫作店のある町だ。

「人相書《にんそうがき》はどうなっていた？」

長屋の木戸口で粂吉が立ち止まって与茂七を見た。

「三枝の人相ってことですか……」

「あたりまえだ」

粂吉は凡庸《ぼんよう》な顔にある目を少し厳しくした。

「年は三十五のはずです。五年前は三十となっていましたから。丈《たけ》は並で痩《や》せ型、細面《ほそおもて》で目は大きくもなく小さくもなく、口も並ということです」

「とくに目立つ傷とか黒子《ほくろ》などは書いてなかったんだな」

「見せてもらった書付にはそれだけでした」

粂吉は長屋の木戸口から奥の井戸端まで走る路地を見、そして与茂七に顔を向けた。

「長峰与兵衛の家は神田金沢町《かなざわちょう》だったな」

「そうです。たしかな場所までは聞いてません……」

「行けばわかるだろう。与茂七、この長屋はおまえにまかせる。おれは与兵衛の家を調べてくる。一刻《いっとき》（約二時間）もありゃ大方のことはわかるだろう。そこの河岸《かし》に腰掛けがあったな、一刻後にそこで落ち合おう」

粂吉はそう言うなり、殺された長峰与兵衛の住居に向かった。見送った与茂七は長屋に入った。日は西にまわり込んでいて、長屋の屋根から滑り落ちる日が、東側の腰高障子《こしだかしょうじ》だけにあたっている。

戸を開けている家は少なく、奥の井戸端にも人の姿はなかった。与茂七は五年前か、それ以前から住んでいる者がいないかと聞き込んでいった。

しかし、そんな者はすでに住んでいなかった。

その長屋は五年前は孫作店と呼ばれていたが、いまは大家が代わったので甚助店《じんすけだな》と呼ばれていた。

「家移《やうつ》りした人がいると思うんだけど、それはわからないか？」

背中に赤子《あかご》を負ぶっている若い女房は首をかしげる。

「さあ、わたしは一年前にこの長屋に来たんで、五年前だとよくわかりません。長く住んでいるのは茂蔵《しげぞう》さんというおじいさんですけど、帰ってくるのは日が暮れてからです」

「茂蔵さんの家はどこだい？」

若い女房は木戸口から二軒目の家がそうだと教えた。

「茂蔵さんは何をしている人だい？」

「易者《えきしゃ》らしいです。両国《りょうごく》あたりでやっているようですけど……はあい、よしよし、よしよし」

若い女房は背中の赤子がぐずったので、体をゆすりながらあやした。

「茂蔵さんは日の暮れには戻ってくるんだね」

若い女房はそうだとうなずいた。

与茂七は聞き込みを切りあげて一旦長屋を出た。だが、すぐに後戻りしてさっきの若い女房を訪ねた。

「ここの大家は甚助って人だと思うが、どこに住んでいるか教えてくれねえか？」

上がり框《かまち》に座っていた若い女房は、どうしてそんなことを聞くのだと訝《いぶか》しむ。

「じつはちょっとしたことがあってな。それで調べをしてんだ。詳しいことは言えねえが」

ここに人殺しが住んでいたと言えば、女が気味悪がるだろうと思い言葉を濁《にご》した。

「大家さんの住まいはすぐ近くの湯島一丁目です」

若い女房は投げやりに答えた。

与茂七はすぐに湯島一丁目の甚助の家を探して訪ねた。南町の与力の使いだと言えば、甚助は心得顔《こころえがお》で何かありましたかと聞き返してきた。禿頭《とくとう》の年寄りだった。

「五年前、大家は代替わりしたと思うが、その経緯《いきさつ》は知っているだろうな」

「むろん存じております。先代の大家は亡くなりまして」

話は早かった。

「下手人は三枝甲右衛門というが、その頃住んでいた者は、いま甚助店にはいないんだ。家移りした者の行き先がわかれば教えてもらいたいが……」

「それなら名主《なぬし》さんに聞かれたほうが早いんですがね。でもまあ、お待ちくださ い」

甚助はそのまま奥の部屋に行った。与茂七は上がり框に座って待つ。

長屋に住む者は入人《いり》別帳に記載される。それには住人の氏名・生国《しょうごく》・宗旨・請人《うけにん》・稼業などが書き込まれる。

これは町名主が保管し、引っ越しをする者が出た場合は出《で》人別帳に書き込まれる。しかし、形だけのもので厳しく精査されることはない。それでも、大家は入居者がいれば、人別を調べて名主に報告する義務があった。

甚助はその控えがあるかどうか調べているのだ。

与茂七は甚助が戻ってくるまで、戸口の障子に張りついた蠅《はえ》を眺めた。その障子に傾いた日の光があたっていた。

「ああ、ありましたね」

甚助は几帳面《きちょうめん》な男らしく、綴《と》じた半紙の束を持ってきた。与茂七は出人別帳に目を通し、矢立《やた》てと半紙を借りて写し取った。その間、甚助は五年前の事件のことを勝手に話した。

「与兵衛さんは恨みを買うような人ではなかったのに、自分の店子に殺されちまったんですからね。どうしてあんなことが起きたのか……。下手人の三枝という浪人はよほど性根《しょうね》が腐っていたんでしょう。一家五人を殺して金子《きんす》を持って逃げるなんて、人のやることじゃありません」

与茂七は甚助の話を聞きながら、出人別帳を書き写す。

「それにしても、三枝という人殺しはどこで何をしてんでしょう。悠々と暮らしているなら許せることじゃありません。重い罰を受けなきゃ、殺された与兵衛さんもその家族も浮かばれませんからね。しかし、調べは半年ほどで打ち切られ、そのままですからね」

与茂七は筆を動かしながら、こういうことは詮議をしていた貞方栄之進もやったはずだと考える。すると、無駄なことをしているのかもしれないと思う矢先に、伝次郎の言葉を思いだす。

――探索に無駄はつきものだ。その無駄を無駄と思ってあきらめるのは愚の骨《ぐこつ》頂《ちょう》だ。

五年前、甚助店（以前は孫作店）には、三枝を除いて十一家族が住んでいた。それを書き写し終わると、

「孫作店と申してましたが、与兵衛さんに雇われた大家の名だったんです。与兵衛さんは家持ちで長屋を五つ持っておられましたからね。そんな人はめったにいませんよ。あ、終わりましたか」

与茂七は書き写した半紙を懐に入れてから、殺された与兵衛一家に恨みを持つ者はいなかっただろうかと訊《たず》ねた。

「心あたりはまったくございません。下手人の三枝という浪人がなんで与兵衛さんを殺したのか、それだけが謎でございます」

「殺された与兵衛一家のためにも、少しでも役に立ちたいと思うんで、また聞きに来るかもしれないが、そのときはよろしく頼む」

甚助はいつでもかまわないと目尻を下げた。

# 六

条吉との待ち合わせには少し早かったが、与茂七は昌平河岸に置かれている腰掛けに座って、出人別帳の書き写しを眺めた。十一家族の引っ越し先はわかっているが、それは四年前だったり二年前だったりとまちまちだ。

しかし、これがわかっただけでも何かの手掛かりになると与茂七は考え、これから自分が調べるべきことを思案した。

伝次郎の指図に従って詮議するのは楽だが、やはり自分なりに考えようと思う。

気になるのは、三枝を追っていた貞方栄之進がどこまで調べを進めていたかである。

それに三枝甲右衛門がどんな浪人だったのかも気になる。どうやって暮らしを立てていたのか、どんな者と付き合いがあったのか、そのことを知っている者がいないか。

「与茂七、与茂七じゃねえか……」

そんな声がして声のほうを見ると、ひとりの男が立っていた。与茂七は目をみはった。

「佐吉《さきち》……」

「おお、そうだ。久し振りだな。おめえ、いま何をやってんだ？」

佐吉は近寄ってくるなり、与茂七の隣に腰掛けた。

「いろいろだ」

正直に話せる相手ではなかった。佐吉は昔の仲間で、つるんで喧嘩《けんか》やひったくり、ときには弱そうな男を見つけて強請《ゆすり》をしていた。

「いろいろか……なんだか顔つきが変わったじゃねえか」

佐吉は口の端に嬉《うれ》しそうな笑みを浮かべ、まじまじと見てくる。

「そうかな。おまえは何してんだ？」

「おれは真面目《まじめ》にはたらいているよ。若い頃のような悪さはもうできねえさ。堅気《かたぎ》だよ堅気」

佐吉はそう言って笑う。その片頰《かたほお》に半寸（約一・五センチ）ほどの傷痕《きずあと》がかすかに残っている。地廻《じまわ》りと取っ組み合いの喧嘩をしたとき斬りつけられた傷だ。紺木《も》綿《めん》の小袖《こそで》に博多献上《はかたけんじょう》の帯、雪駄《せった》を履いていた。

「堅気……。おまえもまともになったってことか。まあ、いつまでも若くはねえからな。それで、どんな仕事をしてんだ？」

「職人だ。箱物や文机《ふづくえ》や箱火鉢を作ってる。いまじゃ箪笥《たんす》だってお手の物だ」

「へえ。指物《さしもの》職人に……おまえがねえ」

与茂七はあらためて佐吉を眺めた。昔の粋《いき》がった顔つきではなかった。

「それにしちゃ職人らしくねえ姿だな」

「ああ、今日は掛け取りに行って来たんだ。その帰りでな。で、おめえ、何してんだ？」

与茂七はどう言おうか躊躇《ためら》った。

誇らしげに正直なことを話してもいいが、佐吉は癖のある男だ。指物職人だと言ったが、まともには信じられない。それだけ注意の必要な男だった。

「しがない渡り中間《ちゅうげん》だ」

与茂七はそう誤魔化《ごまか》した。

「へえ、中間かい。するってぇっと、どこかのお武家の屋敷に詰めているってことか」

「沢村という旗本の屋敷に奉公してんだ」

「おれはよ、すぐそこの先にある親方の家に出入りしてんだ。神田旅籠町《はたごちょう》だ。親方は与五郎《よごろう》って言ってな、そりゃあいい腕を持っている職人だ」

佐吉は得意そうに話す。

「おまえが職人になるとはな」

「まあ、おれも手先が器用だとは思わなかったんだが、なんのことはねえ、いざやってみると面白ぇんだ。それで夢中になってな。いつの間にか腕を上げてよ……」

佐吉はへへへと、自慢そうに笑う。

「そりゃあよかった。おれはおまえのことだから、やくざにでも殺されちまったんじゃねえかと思っていたよ」

「馬鹿言え。おれは外道《げどう》なんかになるつもりはなかったんだ。あの頃は見境のないことばかりやっていたが、そのうち真面目にはたらかなきゃならねえと考えてたんだ。それにしても懐かしいなあ。こんなところで会えるとは思わなかったぜ」

「ああ、おれもびっくりだ」

相手が信用のできない男だとわかっていても、与茂七は少なからず嬉しかった。

「おい、暇があったら一杯やらねえか。積もる話もあるしよ。それとも屋敷からはめったに出ることはできねえのか？」

「そうでもねえさ。都合はつけられる」

「だったら、今度おれの仕事先に顔を出してくれ。おめえの屋敷に、おれが訪ねていくわけにはいかねえだろう」

「ああ、そうだな。で、いつもその与五郎さんとかいう親方の家にいるのか」

「今日は掛け取りだったが、大体いるよ」

佐吉はそう言うと立ちあがり、

「そろそろ帰らなきゃならねえ。与茂七、待ってるからよ。また会おうじゃねえか」

と、言葉を足すなり、与茂七の肩をぽんとたたいて歩き去った。

与茂七はしばらく佐吉の後ろ姿を眺めていた。

(あいつが職人に……ほんとうかよ……)

胸のうちでつぶやいたが、嘘ではないような気がした。

それから小半刻《こはんとき》（約三十分）ほどして粂吉がやってきた。

「おう、もういたか」

条吉は与茂七の隣に腰掛けた。

「あれこれ聞き込んでみましたが、あの長屋には五年前から住んでいる住人はいないんです。それで大家に会って出人別帳を見せてもらい写し取ってきました」

与茂七はその書付を条吉に見せた。

「まめなことをやったな。こりゃ大事なことだ」

条吉はそう褒めておいてから、

「だけど、五年前に住んでいた者から貞方の旦那は話を聞いているはずだ。その口書でも残ってりゃいいんだが、旦那はその辺の話はしなかったか?」

と、与茂七に顔を向けた。

「それは聞いてませんね。で、条さんのほうはどうでした?」

「長峰与兵衛の家はあったが、もう別の人が住んでいた。その人は与兵衛さんのことは知らなかったが、与兵衛さんをよく知っている者が近所に何人かいたんで聞いてきた」

それは、与兵衛が近所で慕われていた人物だったということだ。気さくで付き合いのよい人柄で、悪い評判はなかったらしい。

「おみつというおかみや、三人の子のことを悪く言う人はいない。言ってみりゃ善良な町人だったってことだ。殺される訳合いもわからねえと、みんな揃《そろ》ったように首をかしげる」

「てことは、三枝甲右衛門は金を盗むために一家を殺したってことですか……」

「そう考えるしかない気がする」

「すると、どうやって尻尾をつかむかってことですね」

「ま、旦那に会ってから相談しよう」

条吉はそう言って帰ろうと言った。

七

日が落ち、表が暗くなってきた。それに合わせたように風が冷たくなった。

「少し冷えてきたな」

そう言って松田久蔵は立ちあがって障子を閉め、また元の席に戻り伝次郎の前に座った。

伝次郎は久蔵の組屋敷を訪ねて座敷に通されていた。

「五年前のことであるか……あれは厄介な調べであった。掛《かかり》は貞方がやっておったが、手を焼いていたのをよく覚えておる」

そこへ久蔵の妻・妙《たえ》があらわれ、茶を運んできた。

「沢村さんの噂はよく出るんでございますよ」

茶を勧めながら妙は伝次郎を見る。

「悪い噂でなければよいですが……」

「まさか、そんな噂などいたしませんよ。いつもいい話ばかりです」

妙は否定するようにひょいと片手をあげて微笑《ほほえ》む。

「これ、妙。大事な話があるのだ」

窘《たしな》められた妙は、伝次郎にゆっくりしていってくださいと言って下がった。

「あれは年を取ったせいか、妙に話し好きになっていかぬ」

久蔵は閉《た》てられた襖を見てつぶやき、それで何を聞きたいと、伝次郎に顔を向け直した。

しばらく会っていないうちに、久蔵の小鬢《こびん》が白くなっていたことに伝次郎は気づいた。

現役の頃はよく世話になった先輩同心で、いまは組の年寄《としより》になっている。町奉行所の同心は役方《やくかた》に関係なく五組に分けられている。一組には概ね二十人ほどいて、久蔵は年寄と呼ばれるその組の幹部になっていた。

「松田さんは三枝を詮議していた貞方と組んでいらしたことがありますね。貞方が凶刃《きょうじん》に倒れたときもそうでしたね」

とたん、久蔵はため息をついてかぶりを振った。

「あれはまさかの出来事であった。賭場《とば》の取締りに行ってのことだったが、応対に出てきた下っ端が、いきなり短刀で貞方の腹を刺したのだ。あのときほど頭に血を上らせたことはない。怒りにまかせて斬り捨てたが、賭場にいた者たちは蜘蛛《くも》の子を散らすように逃げた。いや、おぬしが聞きたいのはさようなことではないな」

久蔵は途中で伝次郎の訪問の意図に気づいて茶を口にした。

「おぬしの顔を見ると、つい余計なことをしゃべりたくなる。話を戻そう。そう貞方とは何度か組んで仕事をした。ただ、三枝甲右衛門の一件にはおれは関わっておらん。されど、その探索の愚痴は何度も聞いている」

伝次郎はわずかに膝をすって久蔵との間を詰めた。

「やつはもう少しで三枝を追い詰められると言っていた。つまり、尻尾をつかんだ、あるいは、これだという手掛かりをつかんだと思うのだ」

「それがなんであったか聞いていませんか？」

「聞いておらぬ。おそらく、つかんだ手掛かりはさほどのものではなかったのだろう。よって、半年ほどで永尋ね扱いになった」

「何か他に聞いていませんか？　三枝に仲間がいたとかさようなことですが……」

「残念なことに、聞いておらぬ。聞いておれば、おれは動いたはずだ」

「つまり、三枝を追う手立てを見つけられなかったということですか」

「はっきり申せば、そういうことになろう。それにしてもいま頃、お奉行があの件を再び詮議されるとはな」

「お奉行には考えがあってのことだと思います」

「そうであろうが、伝次郎、この調べはなまなかではないぞ。もっとも、そうだからおぬしに白羽《しらは》の矢が立ったのであろうが……」

結局、久蔵から探索の手掛かりとなることは聞けずじまいであった。

「伝次郎、この一件が片づいたらゆっくりやろうではないか」

久蔵は酒を飲む仕草をした。

「願ってもないことです」

伝次郎が答えると、久蔵は心してかかれと、言葉を添えた。

表に出たときには、もう暗くなっていた。伝次郎は星あかりを頼りに夜道を辿《たど》った。

難しい調べになるとひしひしと思わずにはいられない。だが、難しいからこそ三枝甲右衛門を炙《あぶ》り出したい。そうでなければ殺された長峰与兵衛一家は浮かばれない。

「三枝甲右衛門……」

つぶやいて夜空を仰いだ。生きているなら、必ずどこかにいるはずだ。生かしておける男ではない。

（必ず捕まえてやる）

伝次郎は拳をにぎり締め、口を引き結んだ。いつにない闘争心が腹の底で煮えていた。

川口町の自宅屋敷に帰ったが、家は暗いままだった。千草が仕事に出ているのはわかっているが、与茂七が帰っていればあるはずのあかりがなかった。

（まだ、帰っておらぬか……）

伝次郎は家に入ると、継裃《つぎかみしも》から楽な着流しに着替えて茶の間に行き、徳利《とっくり》を引き寄せぐい呑みに注いだ。

台所に千草が作り置いている煮物や漬物に布巾が掛けられていたが、まずは喉に酒を流し込んだ。

と、玄関に声があり、すぐに与茂七と粂吉が顔を見せた。

「ご苦労であった。何かわかったことがあるか」

伝次郎はあまり期待せずに聞く。

「まあ、その前に一献《いっこん》やれ」

伝次郎は二人にぐい呑みをわたして酌をしてやった。

「おれのほうは孫作店に行って、いまは甚助店と呼んでいますが、五年前、その長屋に住んでいた者たちの引っ越し先を調べたぐらいです」

与茂七がこれがそうですと言って、書き付けた半紙をわたしてくれた。与茂七にしてはよい仕事をしたと思った。

「それで粂吉のほうはどうだ？」

「あっしは殺された長峰与兵衛の家のあった近所に聞き込みをかけてきやしたが、今日のところは気になることは聞けませんで……」

粂吉はそう言ってから聞き込みの結果を話した。伝次郎が耳をそばだてるものはなかった。

「ですが、与兵衛と女房の親が生きていれば、話を聞こうと考えています」

「それはいいことだ。殺された子供たちを可愛がっていたかもしれぬし、何故、三枝が与兵衛一家を襲ったか、その謎を解く鍵となる話が出るかもしれぬ」

伝次郎がそう言ったとき、表から擦半鐘《すりばんしょう》の音が聞こえてきた。三人は同時に顔をこわばらせた。擦半鐘は火元が近いことを知らせるために激しく打ち鳴らされる。

「近いな」

伝次郎がつぶやくと、さっと与茂七が立ちあがり、見てきますと言って表に飛びだしていった。その間も鐘《かね》は打ち鳴らされていた。

「旦那、大変です！」

与茂七が戻ってくるなり叫ぶように告げた。

「おかみさんの店のほうです」

# 第二章　旧友

一

表に飛び出すと、近所の者たちが騒ぎながら、黒煙の漂っているほうへ駆けていった。

伝次郎は亀島橋《かめじまばし》の上まで来て立ち止まり、火事場のほうに目を凝《こ》らした。夜空の下に仄《ほの》赤く染まっている場所がある。日比谷町《ひびやちょう》のほうだ。千草の店はその隣の本《ほん》八丁堀《はっちょうぼり》五丁目にある。早鐘《はやがね》は打ち鳴らされつづけている。

「旦那……」

与茂七が伝次郎を振り返った。

「おかみさんの店が心配です。おれは先に行きます」

与茂七はそう言うなり駆けていった。伝次郎と粂吉もあとを追った。火事場に走るのは伝次郎たちだけではない。近所の者たちも駆けている。多くが野次馬《やじうま》だ。

火事場に近づくにつれ野次馬が多くなり、風が焦げくさい臭いといっしょに煙を流してきた。

「旦那、旦那！」

与茂七が駆け戻ってきた。

「おかみさんの店が焼けています！」

(なんだと！)

伝次郎は声に出さず、胸のうちで叫ぶなり一散に駆けだした。野次馬を払いのけるようにして前へ前へと進む。火元はどこかわからないが、たしかに千草の店のある町と隣町に火消人足《にんそく》たちが集まっていた。

ある者は燃え上がる炎に天水桶《てんすいおけ》の水をかけている。龍吐水《りゅうどすい》で放水している者もいる。延焼を防ぐために、家を壊しにかかっている火消人足もいる。

「見物はお断りだ！　手の空いている者は水をかけろ！」

火消人足を差配する男が、がなり立てていた。屋根に上って纏《まとい》を振りながら、火消人足たちを鼓舞《こぶ》している者もいる。

掛矢《かけや》で板塀《いたべい》を打ち壊している者、大鋸《おおのこ》で建物の棟《むね》を切り落としている者もいる。

あたりには火の粉が舞い、空に上った黒灰色の煙が風に流されていた。

千草は高橋《たかはし》の袂《たもと》に呆然《ぼうぜん》とした顔で立っていた。伝次郎はそばに行って声をかけた。

「店は……」

はっとした顔を千草が向けてきた。こわばった白い顔が炎に染められていた。

「見てのとおりです」

千草の声に力はなかった。店はすでに焼け落ちていた。隣の店も隣の長屋も黒焦げになっている。炎の勢いは弱くなっていたが、千草の店はもう跡形もない。

「おかみさん……」

与茂七が近くに立って唇を噛んで千草を見た。千草は何も言わずにうなずいた。

「どけどけ、どけッ！　野次馬は邪魔だ！」

威勢のいい火消しが大声で怒鳴り、野次馬を追い払うために鳶口《とびくち》を振りまわしていた。火元は日比谷町の北側のようだった。そこから千草の店のある本八丁堀五丁目に飛び火したようだ。五丁目の半分が焼けるか壊されていた。日比谷町の北側の長屋と商家も同じだった。壊すのは延焼を防ぐためである。

子供が母親の腰に抱きついて泣いていた。その母親のそばには、父親らしき男が気が抜けたような顔で立っていた。

「わたしの店が……」

つぶやいた千草はむなしそうにかぶりを振り、前垂れを絞るようにつかんだ。伝次郎はその背中にそっと手をあて、

「どうする……」

と、声をかけた。他に気の利《き》いた言葉が思い浮かばなかった。

千草は小さくうなずき、

「しかたないですわ。あきらめるしかありません」

そう言って、悔しそうに唇を引き結んだ。その瞳が涙で濡れていた。

「わたしの我儘《わがまま》で出した店です。まさかこんなことになるなんて……」

「…………」

「申しわけありません」

千草は謝って伝次郎の胸に頭をつけ、大きなため息をついた。

「おまえのせいではないのだ。謝ることはない。帰るか。ここにいてもしかたないだろう」

伝次郎は千草の背中に手を添えて促《うなが》した。

火事場は火消人足たちにまかせるしかない。あとは町奉行所の町火消人足改《まちびけしにんそくあらため》の調べになる。現に駆けつけてきた与力と同心の姿があった。

「話は明日の朝にしよう。粂吉、そうしてくれるか」

自宅玄関に入った伝次郎は粂吉を振り返って言った。

「承知しました。おかみさん、お気を落としだと思いますが、お見舞い申しあげます」

粂吉は千草を見て頭を下げた。

「ありがとう。でも、わたしは大丈夫ですから」

「では、ここで失礼いたしやす」

粂吉が帰っていくと、伝次郎は茶の間に腰を下ろした。与茂七が静かにそばに来て座る。

「晩酌をされていたんですね」

千草が茶の間にある徳利とぐい呑みを見て言った。

「何か作りましょうか？　夕飯はまだでしょう」

「気にすることはない。おまえの作り置きでいい」

千草はわかりましたと言って、伝次郎と与茂七のために作り置いていた漬物を出し、煮物を温め直した。

伝次郎は静かに酒を口に運んだ。千草の心中はいかばかりだろうかと考えるが、割り切りの早い女だ。その辺の潔《いさぎよ》さは生まれ持った性格かもしれない。それでも、いまは店を失ったという衝撃が強いはずだ。

伝次郎は無駄な言葉をかけないようにした。与茂七も千草の様子が気になるらしく、普段の軽口を慎んでいる。

「どうなさったの。まるでお通夜じゃありませんか。わたしのことは気になさらないで。なくなったものはもう戻ってこないのですから、あきらめるしかありませんし」

千草が温めた煮物を出しながら微笑んだ。

「おまえも付き合うか」

伝次郎は千草に酒を勧めた。

「はい、いただきます。厄落《やく》としですわ」

酌を受けた千草はひと息で酒を空けた。

「はあ、おいしい」

千草は口の端に笑みを浮かべて伝次郎と与茂七を見た。

二

「わたしのことは気にしないで、お役目に励んでください。今日は大家さんと名主さんに会いに行ってきます」

翌朝、千草はいつもと変わらない顔つきで、湯気の立つ味噌汁と焼いた魚を出した。

「おかみさん、片づけがあるなら手伝いますよ」

与茂七がよそってもらった飯を受け取って言う。

「片づけは町の人に頼みます。それにもう何もないはずだから。気にしなくていいわ」

伝次郎はあっけらかんとした顔で言う千草を眺めた。心で泣いて顔で笑っている。余計な気を遣わせまいとする千草のことが愛《いと》おしい。

この女には死ぬまで寄り添ってやらなければならないと思う伝次郎である。

飯を食べ終わる頃に条吉がやってきた。千草は明るく応対し、朝餉《あさげ》を食べろと勧める。

「いえ、もう食ってきましたんで」

「遠慮せずに食べに来ればよかったのに。ほんとよ、遠慮はいらないのよ」

「へえ、ありがとうございます。でも昨夜は大変でしたね」

「しかたないわ。わたしが火をつけたんじゃないし、きっとそろそろ商いはやめなさいという天のお告げだったのかもしれないし」

千草は条吉に茶を淹《い》れてやる。

「店を建て直すつもりはないので……」

「もう、あきらめたわ」

粂吉はそれでいいのかという顔を、伝次郎に向けた。

「まあ、これからのことは千草にまかせる。おれはなにも言わぬ」

伝次郎は茶をすすって、粂吉と与茂七を座敷に促した。

「粂吉、おぬしは昨日、与兵衛と女房の親から話を聞こうと考えていると言ったな。その親のことはわかっているのか？」

伝次郎は座敷に移って座るなり本題に入った。

「いいえ、今日はそのことを調べたいと思っています」

「よかろう。して、与茂七。おぬしは……」

伝次郎は与茂七を見る。

「おれは甚助店から引っ越しをした者から話を聞きたいと思います。それからあの長屋に長く住んでいる茂蔵という易者がいます。引っ越した者を何人か知っているはずですから、三枝のことを聞いているかもしれません」

「よし、まずはその辺から探っていくか。おれは貞方が使っていた文七という岡っ引きをあたろう。その前に、三枝の人相をもう一度たしかめる。似面絵《にづらえ》があれば助かるが、なければ作ることにする」

「三枝の人相はどこでたしかめるんで……」

与茂七が顔を向けてくる。

「御番所には口書が残っている」

「じゃあ、旦那は御番所に行くんですね」

「うむ、それから神田にまわる。調べが終わったらここに戻るので、おまえたちも頃合いを見て来てくれるか」

粂吉と与茂七は同時に「わかりました」と、返事をした。

千草に見送られて家を出たのは、それからすぐのことだった。

「旦那、おれは本所《ほんじょ》と深川《ふかがわ》に行きますので、猪牙《ちょき》を使っていいですか？」

家を出たところで与茂七が聞いてきた。

「かまわぬ。どっちへ先に行く？」

与茂七は深川だと答えた。

「ならば、途中まで粂吉を乗せていけばよいだろう」

「そうしましょう」

伝次郎は亀島橋まで行くと、舫《もや》っている猪牙舟《ちょきぶね》に乗り込んだ与茂七と粂吉を見て、

「気をつけるのだ」

と、言い置いて南町奉行所に足を向けた。

今日は昨日と違って着流し姿である。探索にはこのほうが向いているし、動きやすい。

歩きながら千草のことを考えた。店はもうやらないと言ったが、それでいいと思う。

当初、店をやりたいと言われたとき、伝次郎は少し迷った。自分は奉行の家来となる与力扱いだ。そんな男の妻が町屋《まちや》で小料理屋をやることに抵抗を感じた。

しかし、千草は身を持て余していた。与えられた家には女中は雇っていないが、さほど広い家ではないからこまめに立ちはたらく千草ひとりでことは足りた。

それに千草は深川で小料理屋をやっていたので、その経験を生かしてもう一度客商売をやりたかったのだ。

やる気があるのに、無理に引き止める必要はないと思い伝次郎は許した。そして、

千草は「桜川《さくらがわ》」という小さな店を出し、水を得た魚のようにいきいきとはたらいた。

しかし、その店が昨夜焼け落ちてしまった。

(つらかろうが、しばしの辛抱《しんぼう》だ。千草、おまえのことはおれにまかせておけ)

伝次郎は内心でつぶやきながら足を進める。

奉行所に着くと、早速、例繰方《れいくりかた》を訪ね、五年前の口書を探してもらった。例繰方は吟味方で審理された書類を受け取り、罪状記録を作り、他の犯罪の参考にし、また検討索例をしたり、先例の仕置裁許帳《しおきさいきょちょう》と照らし合わせて書類を作成したりする。

永尋ねになった場合でも、その書類は例繰方に保管されている。

「ありました、これでございますね」

掛《かかり》の同心が帳面を持って伝次郎の元に戻ってきた。

伝次郎はその口書を順繰りに読んでいった。筒井奉行からもらった書付とほとんど同じで、三枝甲右衛門の人相書も添えられていたが、それも書付にあるとおりだった。

「この口書に似面絵を作ったかどうかは書いてないな」

口書にある三枝の人相は、年三十・丈は並・痩せ型・細面で目は大きくもなく小さくもなく、口も並ということだけである。

こんな男は世間には掃《は》いて捨てるほどいる。もっとも三枝はいま三十五になっているから、体型も変わっているかもしれない。

「それは貞方さんがお作りになっていたかもしれませんが、ここには残っていませんん」

伝次郎は自分で作るしかないかと思った。

「手間をかけた」

伝次郎はそう言って腰をあげた。

三

粂吉を柳《やなぎ》橋の袂で下ろした与茂七は、猪牙舟を反転させ、大川《おおかわ》を下った。そのまま竪川《たてかわ》に入ることも考えたが、深川から大横川《おおよこがわ》を上ればよいと考えたのだ。

大川は流れが速く、波のうねりも強い。大横川は流れがゆるやかなので猪牙舟を遡上《そじょう》させるのが楽だからだ。

猪牙舟を長く操るうちに覚えたことで、伝次郎にも教えられたことだった。

孫作店（いまは甚助店）にいた住人十一家族の引っ越し先は、出人別帳を調べてわかっている。しかし、それが正しいかどうかはわからない。引っ越し先を正直に大家に告げる者もいれば、なんらかの理由があって誤魔化す者もいるからだ。

いずれにしろ、あたるしかない。最初に訪ねたのは、深川富田町《とみたちょう》に越しているはずの棒手振《ぼてふり》の大吉《だいきち》だった。しかし、朝早くから仕事に出ていて、留守をしていた。同じ長屋の者から聞くと、帰りはいつも日の暮れだという。それまで待つことはできないのであとまわしにする。

猪牙舟を仙台堀《せんだいぼり》に乗り入れ、そのまま東へ滑らせ亀久橋《かめひさ》の袂につけ、三四郎《さんしろう》という髪結《かみゆ》いの長屋を訪ねたが、

「ああ、あの人はもういないよ。どこへ行ったかわからないけど、二年ほど前だったかな。夜逃げしちまってねえ。噂によると、どこかの女房と駆け落ちしたって話だよ」

と、日向《ひなた》ぼっこをしている年寄りに言われた。

与茂七は再び猪牙舟に乗り込み、仙台堀から大横川に入って本所緑町《みどりちょう》をめざした。お里《さと》という女に会うためである。お里は孫作店にいる頃は、狭い長屋の家で近所の子供たちに読み書きの手習いをしたり裁縫を教えていた女である。

五年前は独り者だったようだが、いまは亭主持ちかもしれない。

艫《とも》に立ち棹《さお》を使って猪牙舟を進める与茂七は、なんだかいっぱしの船頭になった気分を味わっていた。すれ違う猪牙舟があると、先方の船頭に軽く会釈《えしやく》をする。陽気がよくなってきたねと、声をかけてくる船頭もいる。

猪牙舟をゆっくり上らせながら、先日伝次郎から言われた言葉を思い出した。

――お奉行が役替えになれば、おれの仕事はそれで終わりだ。おまえもいつまでも居候ではおれぬはず。先のことを考えておけ。

たしかにいつまでも伝次郎や千草に世話になっているわけにはいかないと、この頃は思うようになっている。先のことを考えなければならない。そして、船頭も悪くないと思っている。

伝次郎が町奉行所の役目を終えたら、船宿の船頭になってもいいかもしれない。そんなことを考えながら、店を失った千草はどうするのだろうかと心配もする。

店などやらずに、伝次郎の連れ合いとして家に収まってもいい女だ。

(いけねえ)

与茂七は内心でつぶやき、いまはやることがあると頭を切り替えた。

孫作店に住んでいた住人は、下手人の三枝の顔を知っている。ことが起きて五年の歳月が流れているが、三枝の顔は覚えているはずだ。伝次郎は場合によっては似面絵を作るようなことを言った。

だったら昔の住人からその人相を聞いて似面絵は作れる。与茂七はこれから会う者たちにその協力をしてもらおうと考えていた。

竪川に入って三ツ目之橋《みつめのはし》をくぐった先の河岸場に猪牙舟をつけ、お里という女の住む家を探した。越していなければ本所緑町一丁目にいるはずだ。

近所の八百屋に声をかけて聞くと、お里の長屋はすぐにわかった。戸口の脇に手跡《しゅせき》指南という小さな看板が下げられていた。腰高障子も半分開いていたので、声をかけた。

居間にいた女が、どうぞお入りになってと言うので、与茂七は敷居をまたいで三和土《たたき》に立った。

「御番所のご用を預かっている者だ。つかぬことを聞くが、ちょいといいかい」

そう言えば、相手は大方十手持《じって》ちだと察する。この辺のことは粂吉に仕込まれて、もう板についていた。おまえがお里かと聞けば、そうだと言った。

「五年前、孫作店に住んでいたな。いまは甚助店という長屋だが、そこに三枝甲右衛門という浪人が住んでいたはずだ。覚えているかい?」

お里は短く目をしばたたいた。年は三十五のはずだが、もう少し若く見える。居間には手習いに使う本が重ねてあり、そばには子供たちが書いたおさらいもある。

「三枝さんのことはよく覚えています。忘れもいたしません」

お里ははっきりと言った。

「その三枝が何をしでかしたかも知っていると思うが、やつの知り合いを知らないだろうか。仲間が家に出入りしたこともあるはずだ」

「そのことなら、五年前に御番所の方に散々話しています」

「三枝はまだ捕まっていねえんだ。それで、もう一度調べ直すことになってね。知っていることを教えてくれないか」

お里は記憶の糸を手繰《たぐ》るような顔をしながら、小火鉢に載っていた鉄瓶を取り、茶を淹れてくれた。

「あの人は長屋の人との付き合いを嫌っていました。挨拶《あいさつ》をしても横柄《おうへい》にうなずくだけで、話もしませんでした。でも、なぜかわたしとは世間話をすることがありました」

与茂七は上がり口に腰を下ろして、どんな話をしたかを問うた。

「どんなとおっしゃっても、取るに足りない世間話でした。神田明神《かんだみょうじん》の祭りがどうのとか、八ツ小路の朝市にいい野菜が出ていたとか……そんなことです。でも、わたし、気になることをあとで思いだしたんです。それは御番所の旦那さんにいろいろ聞かれてからずっとあとのことでした」

「それは……」

与茂七は目を光らせた。

お里が思いだしたというのは、浅草寺《せんそうじ》の縁日のひとつ、ほおずき市《いち》でのことだった。

その日、お里は手習いに来ている子供たちのために、浴衣《ゆかた》に下駄というなりで、ほおずき市に行った。市にはいろんな屋台が建ち並び、鉢物のほおずきが売られ、境内は人で溢《あふ》れるほどだ。

ほおずきは子供の虫封じや大人の癪《しやく》を切ると言われている。お里は通ってくる子供たちのために、青ほおずきを買い求め、屋台の建ち並ぶ市の外れの茶屋でひと休みしていた。

そのとき、すぐ近くにいる侍《さむらい》に気づいた。後ろ姿だったが、すぐに同じ長屋の三枝甲右衛門という浪人だとわかった。

三枝はひとりではなく、柄《がら》の悪そうな男二人と話をしていた。三枝は長屋の嫌われ者だし、それに二人の男も見るからに堅気でない。お里も三枝には好感を持っていないので、気づかれないように手拭いで頬被《ほっかむ》りをして茶を飲んだ。

しばらくして三枝と二人の男のやり取りが聞こえてきた。

「約束の日限《ひぎ》りは過ぎてんですぜ、鉄蔵《てつぞう》さん。わかってんでしょうね」

(鉄蔵……)

お里は三枝の背中を見た。

「わかっておる」

「だったら、きっちり返してもらいますからね。もう待ちませんぜ」

「くどいことを言いやがる。返すと言ってるんだ」

「だったら頼みますよ」

三枝はそのまま脇目も振らずに雑踏のなかに消えた。見送った二人の男は、三枝を見送って、

「相手が鉄蔵さんじゃなけりゃ、甘い面はしねえけど、あまりしつこくすると何されるかわからねえからな」

ひとりがそう言えば、もうひとりの連れも言葉を足した。

「ああ、触らぬなんとかに祟《たた》りなしだ。だが、返すと言ってくれたんだ」

そう言って、二人の男も雑踏のなかに消えてしまった。


「三枝のことを鉄蔵と呼んでいたのか……」

お里の話を聞いたあとで、与茂七は言った。

「三枝さんは甲右衛門という名でしたけど、鉄蔵と呼ばれて返事をしましたから……。でも、二つ名《ふたな》を持つお侍もいますから、気にしなかったんです」

「鉄蔵……。三枝は借金でもしていたのかな？」

「お金を借りていたのか、何か返さなければならない物があったのかもしれませんが、それはわかりません」

「それで三枝と話をしていた二人の男のことだが、どこの何者かわからないか？」

「五年も前のことですし、顔も覚えていませんし、さて、どこのどんな人だったのか……」

お里は首をかしげるだけだった。

「三枝が大家一家を皆殺しにしたのは、ほおずき市のあとだったのか、それとも前だったのだろうか？」

「三枝さんが大家さんの家を襲ったのは、ほおずき市から一月《ひとつき》ばかりあとのことでしたから」

与茂七はいまの話を頭に刻みつけて、三枝の人相を覚えているかと聞いた。

「忘れはしません」

「もし、似面絵を作ることになったら手伝ってもらいたい」

お里は力になれると言った。

与茂七は猪牙舟に戻ると、本所松井町《まついちょう》に向かった。酒の仲買《なかがい》をやっている栄助《えいすけ》という男に会うためだった。

四

神田仲町に住む岡っ引き・文七は、年は四十前後で目も鼻も口も大きいという大作りの顔をしていた。伝次郎に会うなり、

「与力様でございますか……」

と、がっちりした体を小さくした。

「与力扱いになっておるだけだ。それより、三枝甲右衛門のことだ。おぬしは貞方栄之進の助をして、長峰与兵衛一家を殺した三枝を詮議していたと聞いている」

「あれは忘れもしません。何を隠そう、知らせを聞いて与兵衛さんの家に真っ先に駆けつけたのはあっしなんです。ひどいもんでした。家のなかはそれこそ血の海で、障子も壁も襖も血で赤く染まっていましてね。それでも、おしんという娘には息がありました」

「そのおしんのおかげで、三枝甲右衛門の仕業だというのがわかったのだな」

「さようです。ですが、おしんはそれから間もなく死んでしまいました。いまでも胸が痛む思いです」

文七はそう言ったあとで、おあがりくださいと座敷へ促した。

「いや、ここでよい」

二人は文七の家の上がり框に腰掛けているのだった。

「三枝のことだが、どこまでわかっている。永尋ねになったというのは、追う手立てがなかったということだろうが……」

「おっしゃるとおりです。やつの人別帳は出鱈目でして、請人もどこを捜してもいないんです。まったく嘘をついて孫作店に住んでいたんですよ」

「生計はどうしていたのだ？」

「食い扶持《ぶち》をどうやって稼いでいたのかそれもわからないんです。ええ、やっと付き合いのある者も捜したんですが、こっちもとんと埒《らち》が明きませんで。なにせ長屋の者とは口を利かない、話もしないというやつでした。やつの家を訪ねてくる者もいなかったんで、追いようがありません。それでも貞方の旦那は手を尽くしましたが……」

「追う手掛かりも見つけられなかったということか」

「早い話がそういうことです」

「三枝はやつが殺した与兵衛とはそれなりの付き合いがあったのではないか」

「いや、与兵衛さんは店子と親しい付き合いをする人じゃありませんでした。まあ、店賃の取り立てには行っていたようですが、それも倅と娘にやらせることが多かったようなんです。子供に店賃をせがまれたら、まあ断りづらいじゃありませんか。与兵衛さんはその辺のことを考えていたんでしょう」

「すると、与兵衛の子は三枝と話をしていたということか……」

しかし、その子たちもみな死んでいるので話は聞けない。

「話はしたでしょうが、どんなことを話したかまではわかりません」

文七はそう言って、奥に声をかけて茶を持ってこいと言いつけた。奥の茶の間に女房がいたらしく、「はい、ただいま」という声が返ってきた。

「貞方は人相書の他に似面絵を作っていなかったか？」

「作りました。ですが、もうありません。あっしはしばらく持っていましたが、もう五年も前のことですから」

おそらく捨てたか燃やしたのだろう。

「その似面絵は孫作店の店子の助で作ったのだな」

「さようです」

いま、その店子は長屋にはいない。

「与兵衛さんはやり手でした。なんと言っても五軒の長屋を持つ家持ちでしたからね。羽振りは悪くないのに、慎《つつ》ましい暮らしをしていました」

「盗まれた金は百両は下らないと聞いているが、なぜそれがわかった？」

「見当《けんとう》をつけただけです。もっとあったかもしれませんが、名主たちの話を聞いてから見当をつけたんです。それにしてもなんでいま頃、三枝の野郎のことを……」

「お奉行のお指図だ。御番所としても、この一件は放っておけぬからな」

「そりゃそうでございましょう。あっしはあの血の海を見てるんで、忘れられない一件です。見つけたら膾《なます》に叩きてぇぐらいです」

探索にはこの男を使えると思った伝次郎は、

「いま手は空いているか？」

と、聞いた。

「それがちょいと手の込んだ盗人《ぬすっと》を捜している最中なんです。沢村様もご存じでしょうが、あっしはいま加納《かのう》の旦那の手伝いをしておりまして……」

「加納半兵衛《はんべえ》か……」

同じ南町奉行所の定町廻り同心だ。以前は、伝次郎を快く思っていなかった男だが、いまは誤解が解けて殊勝《しゅしょう》な態度になっている。もっとも会う機会は少ないのだが。

「さようです」

「それでは助は頼めぬな」

「申しわけありませんで……」

文七が頭を下げたとき、女房が茶を運んできた。遅いじゃねえかと、文七は女房を叱りつけた。

伝次郎は茶に口をつけただけで文七の家を出た。

空はまだ明るい。どこからともなく鶯《うぐいす》の声が聞こえてきた。

（さて、どうするか……）

伝次郎は佐久間町《さくまちょう》の河岸道に出てあたりを眺めた。調べなければならないこと、知りたいことは山ほどある。

だからといって焦りは禁物《きんもつ》だ。ここはじっくり調べを進めるしかない。

伝次郎は三枝甲右衛門が住んでいた孫作店に向かった。いまは甚助店と呼ばれているが、長屋は静かだった。どこにでもある九尺二間《くしゃくにけん》の長屋だ。路地を挟んだ両側にある家は合わせて十二軒。

三枝がどこに住んでいたか不明だが、ここに一家五人を殺した悪鬼がいたのだ。そんな人間が住んでいるとも知らずに、他の住人は各々の暮らしを守っていた。

一家五人を殺し、金を盗んだ三枝の心を何が駆り立てたのだろうか？　ただの金目あてだったのか、それとも長峰与兵衛に意趣があったのか？　与兵衛に対して含むところがあったとしても、女房と倅と娘も手にかけている。まともな人間のすることではない。

奥の家からひとりのおかみが出てきて、そのまま井戸端に行き、水を汲《く》んで洗い物をはじめた。長閑《のどか》な長屋は平和そのものだった。

伝次郎は甚助店をあとにすると、与兵衛が住んでいた神田金沢町の家に足を運んだ。五十坪ほどの一軒家だ。二階建てで小庭があった。

いまは別の者が住んでいるので、訪ねるのは控えた。いまの住人は、ここで凄惨《せいさん》な事件があったことを知らないかもしれぬ。知っていようがいまいが、あえて蒸し返すようなことは話せない。

その家に背を向けた伝次郎は、来た道を引き返した。遠くの空に浮かぶ雲を眺め、目に見えぬ下手人のことを考えた。

(三枝甲右衛門、どこにいるのだ)

## 五

もう、日が西に傾きはじめていた。

与茂七は本所と深川での聞き込みを終えると、佐久間河岸の外れに猪牙舟を舫って、新たな聞き込みを行っていた。

お里の話を聞いたあとで、本所松井町に住む栄助という酒の仲買人の家を訪ねて話を聞いたが、これといって三枝を追う手掛かりになるようなことは聞けなかった。

その後、下柳原同朋町《しもやなぎはらどうぼうまち》に住む松次郎《まつじろう》を訪ねたが、家は留守だったので、勤め先の船宿「増田屋《ますだ》」に行った。しかし、松次郎は二月前にやめていまはどんな仕事をしているか知らないと言われた。

そのあとで、佐久間町三丁目に住む、政助《まさすけ》という搗米屋《つきごめや》の職人に会って話を聞いたが、やはり三枝について知っていることは少なかった。追う手掛かりになる話も聞き出せなかった。

そして、いま与茂七は下谷同朋町《したやどうぼうまち》に住む大工・喜三郎《きさぶろう》の長屋を訪ねたところだった。

主《あるじ》の喜三郎はいなかったが、おつるという女房がいた。

「五年前のことですか……。あの三枝という人殺しの浪人のことなら、わたしも亭主も避けていました。まさか、大家を殺す人だとは思いもしませんでしたが……」

「なぜ、三枝が家主の与兵衛さん一家を狙ったか、思いあたることはないかな」

そう訊ねる与茂七に、おつるはどうぞと茶を勧めた。子供はいないのか、家のなかにはそんな様子はなかった。居間に夫婦の着物が衣紋掛《えもんか》けにあるだけだ。

「それをうちの人と何度か話したことがあります。与兵衛さんが店賃を自分で取りに来ることはめったになかったんです。代わりに、名前は忘れましたけど、娘が店賃の催促に来るんです。娘と言ってもまだ子供ですよ。そんな子供に店賃店賃と催促されたら、そりゃ断りにくいじゃありませんか。与兵衛さんも考えたなと思ったんです。こっちは懐が苦しくても、相手が子供なら無理してでも払いますからね」

おつるは話し好きのようだが、大事なことにはなかなか触れない。

「その娘と三枝に何かあったのかい？」

「あったのよ。あの人怖い顔をして、娘を怒鳴って追い返したんです。一度や二度じゃありませんよ。娘はよっぽど怖かったのか、一度泣いて帰ったことがあります」

「それで……」

「だから、あの浪人は店賃の催促に来た娘を憎く思っていたんじゃないかと」

「それで親の与兵衛と女房と、他の家族を三枝が殺したと……」

「人ってわからないじゃないですか、表面はよくても肚《はら》のなかで何を考えているかわからない悪党がいるでしょう。あの浪人はそんな人間だったんだと、そんな話をしたことがあります」

それは、おつるの推測でしかない。与茂七は、亭主はまだ帰ってこないのかと聞いた。

「そろそろ戻ってくるはずですよ。いつも早仕舞いする人ですから……」

与茂七は表を見た。腰高障子に西日があたっているが、まだ暮れるには早い刻限だ。

「待ってもいいが、出直すことにする。邪魔をしましたね」

与茂七がそう言って腰をあげたとき、戸口に男があらわれた。亭主の喜三郎だった。

「あら、ちょうどよかった」

おつるがそう言って、与茂七を紹介すると、喜三郎は道具箱を戸口のそばに置いて、いったいどんなご用でと隣に腰掛けた。

その用向きは女房のおつるが話した。手間が省けて助かる。

「あの浪人の仲間も付き合っていたような人もわかりませんね。あの浪人の家に出入りするのは与兵衛さんかその娘ぐらいでしたから。ですが、驚いたことがあります」

「なんです？」

与茂七は日に焼けている喜三郎を見る。

「湯屋に行ったときです。あの浪人がいたんですよ。そのとき裸を見ましてね。この肩のあたりから脇腹にかけて、大蛇《おろち》の彫り物《ほりもの》を入れていたんです」

「大蛇の彫り物……」

「そりゃ立派なもんでした。あんときあっしは思いました。この浪人は堅気の浪人じゃねえなって。案の定、与兵衛さんとその女房子供を殺して、金を盗んで逃げたんですから、相当の悪党ですよ」

「その彫り物はどっちにあった？」

「右です」

喜三郎は自分の右肩の付け根から脇腹のあたりをさすって言った。

「三枝がどこの生まれでどんな稼ぎをしていたか、そんな話は聞いていないか？」

喜三郎は鼻の前で手を振った。

「そんな話をする男じゃなかったですよ。顔を見ればにらむように見てくるんで、なるべく目を合わせないようにしてたんです。長屋の他の者もみないっしょですよ。とにかく無口で愛想《あいそ》の悪い浪人でした」

どうやら収穫はそのくらいのようだ。

「三枝の顔ははっきり思いだせるかい？」

「いまだって道で会えばすぐにわかりますよ。あの顔は忘れちゃいません」

亭主に合わせるように女房のおつるも、わたしもはっきり覚えていると言う。

「それじゃ似面絵を作るときに力を貸してくれ」

二人は二つ返事で承諾した。

喜三郎の長屋を出ると、もう日は落ちかかっていた。与茂七は聞き調べに疲れていたが、もうひとり会わなければならない男がいる。

甚助店に住む易者の茂蔵だ。この刻限に長屋に戻っているかどうかわからないが、訪ねてみると茂蔵の家の戸は開け放してあった。

戸口前に立つと、水甕《みずがめ》の水を飲んでいた初老の男が顔を向けてきた。

「茂蔵さんですか？」

「そうだけど、何か用かね？」

茂蔵は柄杓《ひしやく》を水甕の蓋《ふた》に置いて口をぬぐった。与茂七は自分のことを名乗って、用件を話した。

「へえ、あの人殺しのことを……」
「茂蔵さんはことが起きたときはこの長屋にはいなかったけど、ことが起きたとき
この長屋に住んでいた何人かと話をしてますね」
「あの話はよく聞かされたよ。まあ、おあがりなさいな」
茂蔵は居間を勧めたが、与茂七は上がり口に腰掛けた。
「三枝がどこへ逃げたか、その辺のことを聞いてませんか？」
「そりゃあ誰もわからないことだよ。散々町方の旦那が調べに来たらしいが、それ
はわからなかった。ただね、わたしはその三枝って浪人を見たんだ」
「どこで？」
与茂七は目をみはった。
「両国《りょうごく》だよ。それも半年ほど前だったかな。わたしゃあの浪人の顔は知らなかっ
たんだけど、丁度わたしのところに遊びに来た杉作《すぎさく》さんと話しているとき、杉作さ
んが急に話をやめて顔をこわばらせたんだ。どうしたんだと聞くと、三枝という人
殺しの浪人がそばを歩いていった、間違いないと言うんだよ。ほら、あれがそうだ
よと教えられたけど、わたしには背中しか見えなかった」

「半年前に両国にいたんだね」

「杉作さんがそう言ったんだから間違いないはずだよ」

与茂七は杉作から話を聞きたいと思ったが、紙売りの杉作はどこにいるかわからない。在所不明なのだ。しかし、半年前に三枝が両国にいたというのは大事なことに思えた。

他に三枝のことを聞いていないかと訊ねたが、茂蔵は首を横に振るだけだった。

甚助店を出たときには、薄暗くなっていた。居酒屋や小料理屋の軒提灯《のきぢょうちん》に火が入れられ、商家は暖簾《のれん》を下げ大戸をおろしていた。

今日はここまでで、調べはまた明日だと思いながら、猪牙舟を舫っている佐久間河岸に足を向けた。

「与茂七、何してんだ？」

背後から声をかけられた。振り返ると、腹掛け半纏《はんてん》姿の佐吉が立っていた。

六

「仕事の帰りか？」

与茂七は近づいてくる佐吉に聞いた。

「ああ。今日は根詰《こん》めて仕事したんで遅くなった。昨日会ったばかりなのに、また会うってえのはよっぽどおれたちゃ縁があるんだな。で、何してんだ？」

「殿様にご用を言いつけられて、それをすましたところだ」

佐吉には正直なことは言えない。与茂七は内心で警戒する。

「殿様はどこに住んでんだ？」

「屋敷は霊岸島《れいがんじま》だ。用を終えたんで早く帰らなきゃならないんだ」

「なんだ、つまらねえな。せっかくだから一杯引っかけたくなったが、そりゃ残念だ。だけど、おめえも中間仕事じゃ先が見えねえだろう。ま、そこに座ろうじゃねえか、ちょっとぐらいならいいだろ」

佐吉はそう言って神田川の畔《ほとり》に置かれている腰掛けに座った。与茂七も隣に腰掛ける。あまり親しくしたくはないが、佐吉のことに興味もあった。

「仕事は面白いかい？」

与茂七は佐吉の横顔を見て聞いた。

「面白いって言うよりやり甲斐《がい》があるんだ。まさか指物師になるとは自分でも思っちゃいなかったが、いい物を拵《こしら》えたいと常々思ってんだ。それに女房をもらってな」

「へえ」

意外だった。

「子供が生まれたばかりだ。まだ半年ぐらいだが、可愛くてな。女房もそうだが、子ができると仕事にも張り合いが出る。苦労をかけさせたくねえと思うし、女房にも楽をさせてやりてえし……」

「それじゃ一家の主だ。昔のおまえのことを思うと考えられねえな」

「いつまでも与太《よた》ってられねえだろう」

佐吉は苦笑して与茂七を見る。その顔には心なしか充実感があった。

「おめえだって殿様の屋敷勤めしてるってことは、若い頃のおめえじゃねえってことだな。悪さなんてしてねえだろうな」

昔の佐吉だったらそんなことは言わなかっただろう。喧嘩でも盗みでもけしかけることはあっても、窘《たしな》めることはしなかった男だ。

「馬鹿言え。若い頃は羽目《はめ》を外したが、いまは真面目にやってるさ」

「そりゃよかった」

「子供は男か女か？」

「長吉《ちょうきち》って言うんだ。まだ元気に泣くぐらいだが、可愛いもんだ」

佐吉は嬉しそうに頰を緩《ゆる》める。

「それじゃ帰るのが楽しみだろう」

「ああ、早く子供の顔を見てえと思うよ。おめえも親になれば、そうなるさ。それなのに、おれは親不孝してきたからな。申しわけねえことをしたと思っても、いまさら遅いが……」

こいつ、ほんとうにまともになったのだなと、与茂七は思った。もともとそういう男だったのかもしれない。若い頃は歯車が嚙み合っていなかっただけなのかもしれない。そう思うのは、与茂七自身がそうだったからだ。

だが、伝次郎に出会ったことで、自分の生き方が変わったというのを自覚している。

「佐吉、おまえ、いい男になったな」

そう言う与茂七の顔を佐吉はまじまじと見つめた。

「多分、親方に会ったからだと思う。仕事は厳しいが、人を包んでくれるあったかい人なんだ。もし、親方に会っていなかったら、やくざにでもなっていたかもしれねえ」

「人は出会う人で変わるって言うけど……そうなんだ」

与茂七は伝次郎のことを話したくなったが、ぐっと喉元で抑えた。

「与茂七、暇は作れねえのか。一杯やりながら積もる話をしてえんだ」

「そうだな。おれも話してえことあるし、暇をもらえるようにするよ」

「おれは湯島に住んでる。五丁目だ。木食寺《もくじきでら》のそばで惣兵衛店《そうべえだな》って長屋だ」

与茂七はなんとなくその場所に見当をつけた。

「おれんちに来てもいいが、親方の家に来てもらってもいい。おめえが来るなら、おれはいつでも体を空ける」

「それじゃ近いうちに訪ねるよ。おれはそろそろ戻らなきゃならねえ」

与茂七が立ちあがると、おれも帰らなければならないと、佐吉も立ちあがった。

その場で佐吉と別れた与茂七は、舫っている猪牙舟に戻って、舟提灯《ふなぢょうちん》をつけた。

あたりはすっかり夜の闇に覆われていた。

「あの野郎、ほんとうに改心したのか……」

与茂七は棹をつかむと、佐吉が歩き去った方角を眺めてつぶやいた。


「遅かったじゃない」

長屋に戻ると夕餉の支度をしていたおちよが敷居をまたいだ佐吉に顔を向けた。

「昔のダチ公に会ってな。ちょいと話をしてたんだ。長吉は……」

居間を見ると長吉は気持ちよさそうに眠っていた。

「さっきまでぐずっていたけど、やっと寝てくれたところ」

「そうかい」

佐吉は這《は》うようにして居間に上がり、長吉の寝顔を眺めた。すやすやと気持ちよさそうな寝息を立てていた。

「可愛いなあ。おい長吉、おとっつぁんのお帰りだぜ」

佐吉は小さく囁《ささや》きかけて、おちよを見た。

「酒つけるかい？」

「冷やでいいから一杯くれ」

佐吉は足を拭《ふ》いて居間に上がり、おちよから酒の入ったぐい呑みを受け取った。一口喉に流し込むと、その日の疲れがいっぺんに飛んでいきそうだ。

「うめえな。会ったダチ公は与茂七って言うんだ。おれと同じぐらいの年でな。いまはどっかの旗本家の中間奉公だ。ろくでもないやつだったが、真面目にはたらいているらしい」

「いいお友達なんでしょうね」

「まあ、昔はそうでもなかったが……。そういうおれも似たようなもんだったけどよ」

「人は年を取れば、それなりに変わるんでしょう」

「おれが指物師になったと言ったら驚いてやがった。へへっ」

与茂七に会ったのは嬉しかったが、変わった自分を見てほしかった。仕事はうまくいっているし、ちょいと自慢をしたい気持ちもある。いろいろ話をすれば、与茂七は自分のことを羨《うらや》ましがるかもしれない。そんな与茂七の顔も見てみたい。

「今度、あらためて飲む約束をしたんだ。積もる話があるからってことでよ」

「昔の友達っていつの頃よ……」

おちよは酒の肴《さかな》にと、沢庵《たくわん》を切った小皿を差しだす。

「遊びほうけていた十代の頃だ。あの頃は楽しかったが、金はなかった。いつもぴいぴいしていてな。腹を空かした野良犬《のらいぬ》みてえなもんだった」

墨で黒く塗り潰したい過去もあるが、それは昔のことだと、肚裡《とり》でつぶやき酒に口をつける。そのとき、長吉がいきなり泣きはじめた。

「おーよしよし、どうしたどうした」

佐吉はぐい吞みを置くと、長吉を抱きあげてあやしにかかった。

七

「与茂七ですよ」

玄関の戸が開くなり、伝次郎に報告していた粂吉が言った。すぐに与茂七の声が聞こえてきた。

「遅くなりました。あれ、粂さん来てたんですね」

「あんたが遅いから心配していたのよ」

台所にいた千草が与茂七を迎えに行った。

「あ、足は洗ってきたんでいいです」

与茂七は千草の濯《すす》ぎを断って座敷に入ってきた。

「遅かったな」

伝次郎が声をかけると、

「深川・本所・神田と目いっぱいまわってきたからです」

と、与茂七は応じて粂吉の隣に腰を下ろした。

「粂吉から話を聞いたところだったのだ。なにかわかったか？」

伝次郎は与茂七に問うた。

「いろいろっていうか、わかったことがあります。まず、三枝は半年ほど前に両国にあらわれています」

「まことか……」

伝次郎は片眉を動かした。与茂七は易者の茂蔵から聞いた話をした。

「すると、杉作という紙売りから話を聞きたいが……」

「それが孫作店から移った長屋にはいないんです。居所もわかりませんで……。調べろと旦那が言うんなら、明日調べますが……」

「うむ、それはあとで考えよう。それで他には」

「三枝は甲右衛門という名ですが、鉄蔵という名も持っているようです」

「鉄蔵……」

「はい。それを知ったのはお里という手習いの師匠の話からです」

与茂七はそう言ってお里から聞いた話をした。

「それは五年前だったのだな」

「お里は三枝が大家一家を襲う前のことだったと言いました」

すると、三枝は金に窮《きゅう》していたことになる。そのために家主の与兵衛一家を襲い、金を奪ったということか。怨恨《えんこん》などではなく、ただ金のための殺しだった。

伝次郎は目に見えぬ三枝にこれまでにないほどの憎悪を覚えた。

「鉄蔵という名は三枝の通り名なのかもしれません」

そう言った与茂七は、三枝の似面絵なら協力する者がいるので明日にでも作ることができると付け足した。

「お里も、大工の喜三郎とその女房も助をすると言ってくれています。それから三枝は大蛇の彫り物を入れています」

与茂七は彫り物がどこに入れてあるかを、自分の体をなぞって教えた。

「大蛇の彫り物……鉄蔵……そして、半年ほど前に三枝は両国に姿を見せた」

伝次郎は宙の一点を凝視《ぎょうし》してつぶやく。三枝は江戸を離れずに市中に潜伏しているのかもしれない。

「粂さんのほうはどうでした。なにかわかりましたか？」

与茂七は粂吉を見た。

「わかったことは少ない」

粂吉はそう言って調べたことをざっと話した。

その日、粂吉は殺された長峰与兵衛と女房のおみつの親に会ってきた。与兵衛の両親はすでに他界していなかったが、おみつの両親はまだ生きていた。

気になることを言ったのは、おみつの母親だった。

——家が近いもんだから何かあると、ちょくちょくうちに来て愚痴を漏らしてましたよ。それは大方亭主の悪口でした。与兵衛さんは外面《そとづら》はいいけど、けち臭い男で、わたしには木綿の着物しか作ってくれない。本人は上布《うわの》とか絹物を着るくせに女房には木綿しか着せてくれない。何百両も持っているくせにどけちだって……。

「何百両も持っていたと言ったんですか……」

与茂七は目をまるくした。

「もっともそれを三枝が知っていたかどうかわからねえが、その話がほんとうなら、三枝は与兵衛さんが貯《た》め込んだ何百両という金を手にしたってことになる」

「与兵衛が金をいかほど貯めていたか、それはわからぬ。そして三枝がいかほど盗んだかもわからぬことだ。されど、小金でないのはたしかだろう」

伝次郎は組んでいた腕を解《ほど》き、煙草《たばこ》盆を引き寄せた。

「盗まれた金は百両は下らないという話でしたね。それは誰が言ったんですか？」

与茂七は伝次郎と粂吉を交互に眺める。

「それは死んだ貞方の調べだ。大まかにそれぐらいの金を、与兵衛が持っていてもふしぎはないという推量だ。盗まれた金がいかほどだったか、たしかなことはわからぬ。知っているのは三枝だけということになる」

「三枝は半年ほど前に両国にいたんだから、江戸のどこかにいると考えていいかもしれません。ですが、それをどうやって捜し出すかです」

条吉はそう言って茶に口をつけた。

「やっぱり似面絵がものを言うかもしれぬ」

伝次郎は吸いつけたばかりの煙管《キセル》を灰吹きに打ちつけた。

「三枝には鉄蔵という通り名があり、大蛇の彫り物をしている。それは捜す手掛かりのひとつになる。これに似面絵ができれば、もっと捜す種を拾えるかもしれぬ。与茂七、明日は三枝の似面絵を作ってくれ」

「わかりました。それから今日会えなかった元孫作店の住人にも会おうと思います」

「それはおまえにまかせるが、条吉も与茂七の助をしてくれ。おれは死んだ貞方のことをもう少し調べたい」

「貞方の旦那のことを……」

条吉が顔を向けてきた。

「貞方は三枝を追っていた同心だ。それが、賭場の取締りに行ったときにいきなり腹を刺されている。よくよく考えると、どうもおかしい。小競《こぜ》り合いや悶着《もんちゃく》があって刺されたというのなら、まあ納得はできる。ところが、そんなこともなく刺された。ひょっとすると、貞方の死と三枝の一件はどこかで繋《つな》がっているかもしれぬ。だんだんそんな気がしてきたのだ」

伝次郎はそう話しながら、三枝と貞方の死にはなんらかの関係があったのではないかと確信めいたものを感じていた。

それは、その日一日頭の隅に引っかかっていたことだった。

「そっちは旦那にまかせるとして、あっしは明日は与茂七と動きます」

「そうしてくれ」

伝次郎は粂吉に応じて腰をあげた。

# 第三章　情報《たね》集め

一

床に就《つ》いた伝次郎は、三枝甲右衛門のことにいろいろと考えをめぐらしていた。通り名は鉄蔵というらしいが、何故、家持ちである長峰与兵衛一家を殺したのかを考えていた。

金目あてということしか考えられないが、他にも一家惨殺をするための理由があるのかもしれない。しかし、そのことはいまのところわからない。

もうひとつわからないのが、同心の貞方栄之進を殺した男のことだ。貞方は賭場に取締りに行っただけだ。それなのにいきなり刺されたという。

なぜ、その男は貞方を刺したのだ？　以前から貞方に恨みがあったのか？　同心が犯罪者の恨みを買うことはめずらしくない。

だからといってその恨みを晴らす者は少ない。それはおのれに非があるのをわかっているからだし、もし同心に手を出せば、町奉行所を敵にまわすことになる。

そんなことをつらつら考えていると、その夜の家事を終えた千草が寝所《しんじょ》に入ってきて、行灯《あんどん》の火を消すと、隣に身を横たえた。

「あと始末は終わったのか？」

伝次郎が聞くのは火事後の処理のことだ。

「あら、まだ起きていたのですか？」

千草が首だけ動かして見てくるのがわかった。

「いろいろ考えることがあってな。それで、どうなのだ？」

「大家さんとの話はつきました。新しく家を建てても、わたしはもう借りないとはっきり伝えてきました」

「さようか。それでいいのだな」

千草は短い間を置いて答えた。

「悔いはありません。わたしなりに客商売をやってきましたが、あなたに迷惑をかけると知りながらわたしの我が儘でやってきたのですから」

「おれはそんなことは思っておらぬ」

「そうおっしゃるのは、あなたがやさしいからですわ。そんなあなたに甘えての我が儘は、もうよしにします。名主さんにも火事場の後片づけの相談をしました。わたしのことをわかってらっしゃるので、あとはまかせておけと言っていただきました。ですから、もう店のことはすべて片がつきました」

「おまえの小料理屋の女将《おかみ》ぶりはなかなかのものだったが……」

「これからは内儀《ないぎ》ぶりがなかなか、といわれるようにします」

伝次郎はふっと小さく笑った。

「では、そうしてもらうか」

「そうします」

千草が手を伸ばしてきたので、伝次郎はそっとつかんだ。

翌朝、伝次郎は松田久蔵が出仕する前に組屋敷を訪ねた。

「なに、あのときのことを……」

久蔵は早朝の訪問の意図を聞いて、眉宇《びう》をひそめた。

「誰の賭場だったのです？」

伝次郎はひげを剃《そ》ったばかりの端整《たんせい》な久蔵の顔を眺める。

「あれは随身門《ずいじんもん》の貫太郎《かんたろう》の賭場だった。普段は目をつむっている賭場だったが、御番所に内通があってな。賭け金が大きくて身上《しんしょう》を潰す者がいると。内通したのは大方博奕《ばくち》で大負けした者だろうが、御番所としても知った手前放っておくわけにはいかぬ」

「賭場に乗り込んですぐに、貞方は刺されたのですか？」

「そうではない。いつものように〝南町だ。神妙に動くでない〟と忠告して、盆茣蓙《ぼんござ》のある鉄火場に乗り込んだ。客は七、八人はいたろうか。胴元《どうもと》の貫太郎は慌てておったが、客はもっと慌てていて、奥の間に逃げ道を探したり、廊下に飛び出したりだ。そこで貞方が神妙に動くでないと、部屋のなかに乗り込んだとき、壺振《つぼふ》りの近くにいた男が腰をかがめて貞方に体をぶつけてきたのだ」

「そやつの名は？」

久蔵は思いだすために視線を泳がせてから答えた。

「杉蔵《すぎぞう》といったか。貫太郎の若い衆だった」

「その杉蔵が、なぜ貞方を……」

「貫太郎を助けようとしてのことだったのだろう。貫太郎を逃がしはしなかったが……」

「貫太郎はいまどこにいます？」

「やつは遠島《えんとう》になった。八丈《はちじょう》送りだ」

するとと貫太郎から話を聞くことはできない。

「貫太郎一家はその後どうなっています？」

「あの一件でばらばらだ。他の一家に移った者もいるだろうが、その後の調べはしておらぬ」

伝次郎はそこまで聞くと、早朝の訪問を詫びて久蔵の屋敷を出た。

奉行所の同心らはそろそろ出仕時刻だが、八丁堀を抜け海賊《かいぞく》橋をわたるまで同心に会うことはなかった。

伝次郎は日本橋《にほんばし》をわたり神田に向かいながら、心に引っかかっていることを頭のなかで整理した。

下手人の三枝甲右衛門を追っていた貞方は、半年で詮議を中止せざるを得なかった。それは、追う手掛かりを見つけられなかったというのが一番だろう。

なぜ、見つけられなかったのだ。三枝の人別帳に記されていたことが、すべて出鱈目だったというのが大きな要因だろう。そして、三枝がどうやって暮らしを立てていたかもわかっておらず、その交友関係も不明だ。

あまりにもできすぎている犯罪である。

だが、殺された貞方は〝何か〟を見落としていた。その〝何か〟を自分は探さなければならない。

伝次郎はそんなことを考えながら、通町《とおりちょう》を颯爽《さっそう》と歩く。どこからともなく鶯の声が聞こえてきて、ときどき梅の香りがかすかに鼻をくすぐった。

神田仲町の岡っ引き文七に会う前に、もう一度長峰与兵衛が住んでいた家のまわりをゆっくり歩いてみた。町人にしては大きな家だ。もっとも長屋五軒を持っていた男なので、それなりの実入りがあったのは想像に難くない。

伝次郎はいまは与兵衛もその家族も住んでいない屋敷の前に佇《たたず》んだ。部屋はいくつあるのだ？　裏には勝手口があり、屋敷は建仁寺垣《けんにんじがき》で囲われている。

女中はいなかったのか？　これだけの屋敷なら、女中や下男を雇っていてもふしぎはない。しかし、そんな話は聞いていない。

二

「与兵衛さんの家のことですか？」

伝次郎は文七を訪ねるなり、長峰与兵衛の家のことを聞いた。

「おまえは最初にあの家に入ったと言ったな。それなら家の造りも覚えているだろう」

伝次郎は大作りの文七の顔を眺める。

「まあ、大まかには覚えています」

「部屋はいくつあった？　あの家は二階屋だ。五つ六つではないと思うが……」

「一階に座敷が三つ。ひとつは仏壇のある座敷です。広い茶の間がひとつに台所。そして二階に四畳半と三畳の納戸《なんど》部屋だったはずです」

都合六部屋だ。五人家族には贅沢《ぜいたく》な部屋数である。

「おまえは真っ先にあの家に駆けつけたのだったな」

「酒屋の御用聞きから知らされて、すっ飛んで行きました。あのときのことは忘れもしません」

凄惨な殺戮《さつりく》の場を思い出したのか、文七はぶるっと肩を揺すった。

「酒屋の御用聞きは、どこのなんというやつだ？　そやつはまだいるか？」

「同じ町内にある『近江屋《おうみ》』の新助《しんすけ》という小僧です。いまは手代になっています」

伝次郎は頭に刻みつけて問いを重ねた。

「どこに誰が、どうやって倒れていた？」

「奥座敷に主の与兵衛さんと女房のおみつさん。その隣の座敷に長男の公吉。公吉は逃げようとしたのか、倒れた障子の上にうつ伏せになっていました。それから長女のおはんは、階段の下に倒れていましたね。生き残りのおしんは二階の部屋の前に倒れてました。まあそこら中血の海で……」

文七はまたぶるっと肩をふるわせた。

「二階の部屋の前に倒れていたおしんにはまだ息があった。そして、息を吹き返したが、二日ほどしてあえなく息を引き取った」

「へえ、息を吹き返したときに、おしんが下手人のことを話したんです。孫作店の三枝という侍に襲われたと……」

「それでおぬしも、調べを受け持った貞方も三枝甲右衛門の仕業だと決めつけた」

「そりゃ当然のことでしょう」

「まあ無理からぬことだろうが、貞方は三枝の他に仲間がいたとは思わなかったのか?」

文七ははっと目をみはった。

「そりゃ思いませんでした。おしんの話を聞いたあっしらは、下手人は三枝だと決めつけていやしたから……。ですが、そう言われると、仲間がいたかもしれませんね。いやいや、そんなことは考えもしませんでした」

「与兵衛の家に女中とか下男はいなかったのか?」

「雇っているときもあったそうですが、無駄なことだからと与兵衛さんは雇っていませんでしたね」

「すると、ことが起きる前には、雇われていた女中か下男がいたということだな」

「襲われる一年か二年前だったと思いますが……それは調べなきゃわかりません」

伝次郎はその調べが必要だと肝に銘《めい》じた。

「しかし、沢村の旦那も大変ですね。五年も前のことをまたほじくらなきゃならないとは……茶がぬるくなります。入れ替えましょうか」

文七は気を遣って伝次郎の湯呑みを見た。

「いや、かまわぬ。与兵衛は誰から御家人株を買ったんだ？　それは知っているか？」

「詳しいことは聞いちゃいませんが、絵描き一本で身を立てるという御家人の旦那から買ったとかいう話でしたね。その旦那は西国廻《さいごくまわ》りをしているとか、駿河《するが》のあたりに住みついたとか聞いていますが……。ですが、与兵衛さんは苗字をもらい、大小を差して侍気取《きど》りでしたよ。剣術もできねえくせに……」

文七はへらっと笑った。金で株を買って侍を気取る町人を馬鹿にしているのだ。

「金がものを言うご時世であるからな」

伝次郎は茶に口をつけると、

「その与兵衛が雇っていた女中と下男のことは誰に聞けばわかるかな？　おぬしが

調べてくれるというなら助かるが……」

と、文七の顔を眺めた。

「ご勘弁を。あっしは申しましたとおり、いま加納の旦那の助をしてるんで体が空かないんです」

そう言って文七は頭を下げる。

「気にすることではない。調べはすぐにつくだろう」

伝次郎は加納半兵衛によろしく伝えてくれと言って、文七の家を出ると近江屋という酒屋を探して訪ねた。新助という手代は帳場の横に座っていた。

「御番所の方で……」

伝次郎が名乗ると、新助は緊張の面持ちになった。それから五年前の一件を話して、どうして与兵衛宅の事件を知ったかを訊ねた。

「あれは忘れもしません。前の晩に与兵衛さんに、どこぞに挨拶に行くので、角樽《つのだる》を持ってくるよう頼まれていたんです。それで、持って行ったんですが、声をかけても返事がないので、戸に手をかけますと、するすると開くんです。もう日は高く上っていたので、留守をしているのかと思い、もう一度声をかけようとしたら、すぐそばの座敷に血だらけで倒れている長男の公吉さんがいたんです。倒れた障子の上にうつ伏せになっていて、息をしていません。あのときは肝《きも》が潰れるほどびっくりしました。それで急いで番屋に知らせに行ったんです」

「そのとき、見たのは死んでいる公吉だけだったのか？」

「はい。まさか、他の家族も殺されていたとは気づきもしないことで……」

新助はかたい顔で生つばを呑んだ。

その後いくつか聞いてみたが、新助から得るものはなかった。伝次郎はそのまま近江屋を出た。

昨日、粂吉から聞いていることがあった。それは、殺された与兵衛の女房おみつの親のことだ。その両親は上野広小路《うえのひろこうじ》で小さな小間物屋《こまものや》を営んでいる。

店の名前は忘れたが、伝次郎は訪ねようと足を向けた。

その店を探しあてたのは、近江屋を出て一刻ほどたった頃だった。殺された与兵衛の女房・おみつの親が営んでいる小間物屋は、上野広小路の南外れにある小さな店だった。店も暖簾も看板も古びていて、それに合わせたようにおみつの両親も年寄りだった。

おそらく六十前後であろう。夫婦揃って白髪《しらが》で、顔のしわもしみも年齢を感じさせた。それでもおみつの母親・おりつは、商売人らしく口達者で、伝次郎が身を明かし、訪問の意図を伝えると、帳場横の座敷にあがるよう勧めた。

「いやいや、長居をするつもりはない。聞きたいのは、与兵衛の家で雇っていた女中と下男のことだ。あの一件が起きる一、二年前に雇うのをやめたらしいが……」

すべてを話し終えないうちに、女房のおりつが言葉を挟《はさ》んできた。

「娘がぼやいていました。広い家だし、金にも困っていないのだから、雇えばいいのにと。雇ってくれたら嫁の仕事も少なくなり楽になるのにと。でも、与兵衛さんは金持ちのくせに妙にしみったれたところがあったんですよ。家の掃除洗濯や片づけは、女房と娘が二人いればそれで間に合うからいらないと。でも、使用人に暇を出したのは、そのせいじゃなかったみたいです。あとで聞いたことですが、女中の何と言ったかしら……」

「おしげだろ」

直助《なおすけ》という亭主が教えた。

「そうそう、そのおしげって女中は手癖《てくせ》が悪かったらしいんですよ。人がいないのをいいことに、おみつの簪《かんざし》や櫛《くし》を盗んだり、ときには財布の金にも手をつけてたらしいんですよ。それを知った与兵衛さんが、怒って暇を出したんです。徳助《とくすけ》という下男がいたんですが、その徳助もおしげとつるんでいたのではないかと疑って、暇を出したという話でした。どうぞ、召しあがってください」

おりつは茶といっしょに出した煎餅《せんべい》を勧める。

「その徳助とおしげだが、いまどこにいるかわからぬか？」

「さあ、それはわかりませんね。どっかで息をしているとは思うんですけど。あんた聞いてないかい？」

おりつは亭主を見る。亭主の直助は首をかしげただけだった。おそらく直助はおりつの尻に敷かれているのだろう。そんな雰囲気だ。

「……わからぬか。ならばおれのほうで手を打って捜すことにしよう」

伝次郎はこのままではおりつのおしゃべりに付き合うだけだと思ったので、茶菓の礼を言って立ちあがった。

「沢村様、あの人殺しの悪党をきっと捕まえてください。血も涙もない畜生《ちくしょう》なんですから。捕まえてもらわなきゃ娘も孫も、与兵衛さんも浮かばれません。よろしくお願いいたします」

おりつはぺこぺこ頭を下げる。亭主の直助がそれに倣《なら》う。

「なんとしてでも捕まえるつもりだ」

伝次郎はそのまま店を出た。

三

与茂七と粂吉は絵師を連れて、本所緑町に住むお里の証言をもとに三枝甲右衛門の似面絵を描いてもらい、そのあとで、下谷同朋町に住む大工の喜三郎の家を訪ねていた。主の喜三郎は仕事でいなかったが、女房のおつるの記憶をもとに、同じ似面絵を描いてもらった。

五年前のことなので、人によって記憶は曖昧《あいまい》である。粂吉はそのことを考慮して、何人かの証言をもとに絵を描かせ、もっとも似ているものを使おうと言った。

与茂七もそれがいいと思い、お里とおつるの他に佐久間町三丁目の搗米屋の職人・政助にも協力してもらうことにしていた。

「粂さん、おれは昨日会えなかった者をあたりたいんで、あとはまかせていいですか?」

与茂七は絵師が描いている絵を熱心に見ている粂吉に声をかけた。

「ああ、かまわねえ。あとは政助という職人に頼むだけだ。行ってきな」

じゃあ頼みましたと言って、与茂七はおつるの家を出た。

政助という搗米屋の職人も五年前、孫作店に住んでいた。三人の証言をもとに作った似面絵は、おそらく三枝本人に限りなく近い絵になるはずだ。

与茂七が昨日会えなかったのは、左官《さかん》の和助《わすけ》、石問屋の番頭丸蔵《まるぞう》、紙売りの杉作、八百屋の奉公人だった安吉《やすきち》、それから船宿の船頭だった松次郎。

与茂七は松井町河岸に舫っていた猪牙舟に乗り込むと、竪川を抜けて大川に入った。少し遡上することになるので、棹から櫓《ろ》に持ち替える。

櫓を動かすたびに、ぎぃぎぃと櫓べそと櫓の軋《きし》む音がする。大川は春の日差しにきらきらと輝き荷舟《にぶね》や材木船が滑るように下ってくる。

川下から上ってくる舟があった。俵物《たわらもの》を積んでいるので、舟足は極端に遅い。船頭は渾身《こんしん》の力で櫓を漕いでいるのだろうが、その進み具合はまさに鈍牛《どんぎゅう》の如《ごと》しである。

与茂七は櫓を漕ぎながら両国橋を行き交う人を眺め、その遠くに浮かぶ雲を見る。視線を下げて水面を見ると、さっさっと動く魚影があった。

探索のことも考えるが、千草のことも考えた。店が焼け落ちて、さぞや落胆しているだろうと気にかけていたが、千草はそんな素振りを見せない。

今朝はいつもと変わらず、たくさん食べてしっかりはたらきなさいと、笑顔を見せた。芯の強い人だとあらためて思い安心したが、きっと自分の弱味を見せまいとしているのだろうと思った。

そんな千草のことを尊敬もし、またこれまで以上に好きになった。自分も嫁をもらうなら千草のような女がいいとさえ思った。

それはともかく、一家五人を殺害し金を奪って逃げている三枝甲右衛門のことだ。なんとしてでも尻尾をつかまなければならない。

柳橋をくぐり抜けると、すぐ先の舟着場に猪牙舟を舫った。この辺には船宿が多く、そのほとんどが吉原《よしわら》通いの客を乗せる山谷舟《さんやぶね》だ。

五年前孫作店に住んでいた松次郎という船頭は、増田屋という船宿に勤めているはずだったが、いまはやめていて何をしているかわからない。住まいはわかっているので訪ねて行くと、居間に座って竹を切って釣り竿《ざお》を作っていた。

「あのことを……」

与茂七が五年前の事件を口にすると、松次郎は仕事の手を止めた。

「下手人は三枝甲右衛門だとわかっているが、その三枝のことで気になることを覚えていないかい？　どんなことでもいいんだ。例えば、生まれ故郷のことを話したとか、親兄弟のことを話したとか、そんなことだけど……」

松次郎はあっさり首を横に振った。あの侍とは一言も口を利かなかったと言う。

「こっちから挨拶をしても返してくれねえし、愛想は悪いし、ちょいと騒ぐと、静かにしろと怒鳴り込んでくるんです。そんな按配《あんばい》だったんで他の住人も、気軽に話をすることはなかったですよ」

誰に聞いても同じような答えが返ってくる。

「三枝の知り合いや付き合っている者が来たようなこともなかったかい？」

「なかったですね。何が楽しくて生きてるのかわからねえ侍でしたよ。他の住人はみな仲がよかったんですけど、あの侍だけはどうにも……」

松次郎は苦々しい顔をする。

これは聞いても埒が明かないと思った与茂七は、船頭をやめたのかと聞いた。

「ああ、やめちまった。それで、いまは竿師《さおし》だ。これが面白くてねえ。いい竿を作りゃ、思いがけない値がついたりするし……」

へへへと、松次郎は楽しそうに笑う。

与茂七は仕事の邪魔をしたことを詫びて、猪牙舟に戻った。手に職をつけて悦《えつ》に入る者がいる。物作りの楽しさややり甲斐を感じているのだろう。そういえば佐吉も松次郎と同じようなことを言っていたなと思いだした。

与茂七はその後、八百屋の奉公人だった安吉を捜したが、一年前に店をやめてどこに行ったかわからないと主に言われた。

孫作店から越した紙売りの杉作の長屋を訪ねたが、半年前に夜逃げしていた。石問屋の番頭だった丸蔵はすでに死んでいた。

三島町《みしまちょう》に越していた左官の和助には、その日も会えずじまいだった。

八ツ小路を抜けて神田佐久間河岸に戻り、搗米屋の政助を訪ねたが、得意先まわり中でいなかった。粂吉もまだ来ていないと言われたので、与茂七はどうしようか迷い、ふと佐吉のことを思い出して、神田旅籠町に足を向けた。

指物師の与五郎という名を出すと、仕事場はすぐにわかった。そこは脇店《わきだな》であったが、与五郎は二軒の家を借りていて、一方の家で佐吉が文机を作っているところだった。

人の気配に気づいた佐吉が、手許《てもと》の鉋《かんな》を置いて与茂七を見て目をみはった。

「よう、与茂七じゃねえか。来てくれたのか」

佐吉は相好《そうごう》を崩した。

「ちょいと近所まで来たんで寄ってみたんだ。長居はできねえが、様子を見ようと思ってな。へえ、これがおまえの仕事場か……」

「まあ、こんなもんだ。茶でも飲んでいくか」

「かまわねえでいいさ」

与茂七は上がり口に腰を下ろした。板や細い材木が積み重ねられ、鉋や鋸《のこぎり》、槌《つち》などが佐吉の座っているそばにあった。

「また殿様の使いか……」

佐吉は小火鉢にのせた鉄瓶をつかんで聞く。

「ああ、いろいろ用を言いつけられてな」

「それでも真面目に仕事してんだからいいじゃねえか。おれは見てのとおりの職人だ」

佐吉は前掛けについた木屑《きくず》を払い茶を淹れて、与茂七にわたした。

「今日は暇を作れるのか？」

「いや、すぐ戻らなきゃならねえ。そのうち暇を作るよ」

与茂七はそう言って茶をすすった。

「親方は隣の家で仕事してんだ」

「ああ、手狭になったんでおれのためにこの家を借りてくれたんだ。嬉しかったね。親方はおれの腕を認めてくれたんだと……」

佐吉は嬉しそうに笑う。なんだか自慢げでもあった。そして、親方の腕には及ばねえが、そのうち文句をつけられないものを作ると誇らしげに話した。

佐吉が心からいまの仕事に打ち込んでいるというのがわかった。そんな様子を目《ま》のあたりにして、与茂七はやはり人は変わるのだと思った。

悪いほうに転ばず、よいほうに転んだのだと思うと、佐吉に対する警戒心が薄れた。

「佐吉、また遊びに来るよ。今度はゆっくり酒でも飲もうじゃねえか」

与茂七は茶の礼を言って立ちあがった。

「ああ、いつでも来な。待ってるぜ」

佐吉はにこやかに応じた。

四

日が西にまわり込んだ頃に、粂吉が与茂七のいる搗米屋にあらわれた。政助も店に戻っていて、与茂七はやっと会えたかと思った。

「それで、三枝さんの顔を思い出せばいいんですね」

政助は黒く日に焼けた顔を与茂七と粂吉に向け、そして連れている絵師を眺めた。

「思い出せるかぎり話してくれればいい」

絵師の桂川志峰《かつらがわしほう》が飄々《ひょうひょう》と答える。白髪頭の年寄りで、枕絵《まくらえ》と役者絵《やくしゃえ》を得意にしているが、さほど名は売れていない絵師だった。八丁堀に住んでいる手前、町奉行所の御用を言いつかって生計の足しにしている。

政助は視線を泳がせながら、鼻はこうだった、目は細くて少し吊りあがっていた、唇は薄いほうで、口は大きくなかった、などと話していく。

それに合わせて志峰が筆を動かして人相を描いていく。

与茂七と条吉はその様子を眺めて待つ。店の主が、用が用だけに与茂七たちを奥の座敷に通していた。

与茂七はすでに描き上がっている似面絵を見たが、微妙な違いがあった。

そして、政助の証言をもとに描き上がった絵も先の二枚と微妙な違いがあった。

「聞くが、この二枚の絵と、おまえさんの話をもとにできたこの絵とどれが三枚に似ていると思う」

条吉は政助に三枚の絵を見せて聞いた。

「どれも似てますけど、おれのよりこっちかな」

政助が指し示したのは手習所の師匠をしている、お里の証言で作った絵だった。

「おつるさんもそう言った」

条吉は与茂七を見て、

「これでいいかもしれねえな」

と、お里の家で作った似面絵を手にした。

「どの絵もよくできてるし、まあ大きな違いはないと思いますから、それにしましょう。志峰さん、そういうことですから、これを摺《す》ってもらえますか？」

与茂七が志峰を見ると何枚摺ればいいと聞くので、粂吉が三十枚ほどあればいいだろうと答えた。

搗米屋を出たところで、与茂七と粂吉は絵師の志峰と別れた。

「それでどうする？」

粂吉が志峰を見送って与茂七に顔を向けた。

「おれはまだ会っていない男がいるんで、話を聞きに行こうと思います。粂さんはどうします？」

「旦那の調べが気になるが、どこにいるかわからねえからな。その男はどこにいるんだ？」

「深川です。魚屋の棒手振で大吉っていう男です」

「それならおれも行こう」

猪牙舟に戻ると、与茂七は粂吉を乗せて深川富田町をめざした。下りだから操船は楽だ。与茂七は棹を右に左にと移し替えながら、その日、自分が聞き調べたことを粂吉に話した。

「ようするに三枝のことは何もわからねえってことか……」

話を聞いた粂吉は小さなため息をついた。

「まあ、調べはじめて何日もたっていませんからね。それに似面絵ができれば、何か引っかかってくると思うんです」

「そうなりゃいいが……」

応じた粂吉は深川の町屋に目を戻した。

与茂七は棹を使いながら、すれ違う舟の船頭を眺めた。

(おれもいずれは船頭になろうか……)

そう考えるのは、佐吉と船頭をやめて竿師になった松次郎の話を思いだすからだ。二人とも生き甲斐のある話をし、いまの仕事に熱を入れている。羨ましさを感じるわけではないが、自分も自分に合う仕事を持ちたいと思う。

伝次郎にも向後《こうご》のことをしっかり決めておけと言われている。

（いつまでも旦那やおかみさんの世話になってるわけにはいかねえしな）

与茂七は西日に染められつつある川面を見ながら、心中でつぶやいた。

深川富田町は、深川佐賀町《さがちょう》に架かる中之橋《なかのはし》をくぐり、枝川に入った先にある町屋だった。

大吉の家の腰高障子は開いていたので、仕事から戻っているのはわかったが、姿はなかった。隣の家から出てきたおかみに訊ねると、井戸端にいるのがそうだと言われた。

大吉は仕事に使う盤台《ばんだい》を洗っているところだった。

与茂七と粂吉が近づいていくと、大吉はしゃがんだまま顔を向けてきた。

「大吉だな。御番所の御用で来たんだが、ちょいと話をさせてくれ」

粂吉が言うと、大吉は少し顔をこわばらせて、濡れた手を股引《ももひき》にこすりつけた。

大方の町人は御番所の御用と言えば、相手がどんな人間か察しをつける。

「どんなことです……」

「五年前のことだ。おまえは孫作店に住んでいたな。そのとき、同じ長屋にいた三枝という浪人を覚えているか？」

「あの浪人のことは忘れませんよ。捕まったんですか……」

「いや捕まってねえから調べ直しているところだ。もう五年も前のことだから覚えていることは少ないと思うが、気になることはなかったか？」

「気になること……」

大吉はまだ二十歳そこその若者だった。ずいぶん早くから棒手振を稼業にしているようだ。大吉は粂吉から与茂七に目を向け、そして少し考えた。

「まあ、あとになって気になることを思い出しましたが、まったく関係ねえかもしれません」

「どんなことだ？」

粂吉が近づくと大吉は立ちあがった。

「おいらは魚屋だからあっちこっちの町を歩くんですが、三枝さんが与兵衛さんちのそばで女と話していたのを見ました。ずいぶん親しそうにしていました。ただ、それだけのことです。あの人が大家さん一家を襲ったあとで、町方の旦那にいろいろ聞かれたときは、そのことを思い出さなかったんですが……」

「その女は誰だ？」

「ずっとあとになって、ああ、あの女は与兵衛さんちにいた女中だと気づいたんです。何でそんなことを思い出したかというと、三枝さんは長屋の住人とはほとんど口を利かなかったからです。ところが、あの女とはずいぶんしゃべっているようでしたから、めずらしいと思ったんです」

与茂七は目を光らせて、条吉と顔を見合わせた。

「それはいつ頃の話だ？」

条吉は弱々しい西日を受ける大吉を見た。

「与兵衛さんが襲われる前でした。一月前だったか二月前だったか、ひょっとすると三月《みつき》前だったかもしれません。長屋の者に嫌われている浪人が、仲良くあの女と話していたんですから、意外だったんです」

「その女中は何という名だ？」

大吉は名前は忘れたが、何度か魚を買ってもらったことがあると言った。

「まあ、大家さんかおかみさんから言いつけられて買ってくれたんでしょうけど」

「その女中は、与兵衛一家が襲われたときに、あの家にいたのだろうか？」

与茂七だった。

「いませんよ。あの頃、与兵衛さんは使用人を雇っていませんでした。あの女中は襲われる半年か一年ぐらい前にやめていたはずです」

与茂七は、これは捨て置けない証言だと思った。

「それで三枝について、他に思い出すことはないか。長屋でなく、表で誰かに会っていたのを見たとか話を聞いたとか……」

「それはないです」

「三枝とその女中が話していたのを見たとき、どんな話をしていたか、それは聞いていないか？」

大吉はあっさり聞いていないと答えた。

「他に三枝について気になることを思いだせないか？　なんでもいい」

与茂七は大吉を凝視した。大吉は首をひねって考えたあとで、

「……他にはないですね」

と、答えた。

# 五

殺された与兵衛が持っていた長屋を見廻ってから、その日の調べを切りあげた伝次郎は、日本橋をわたり万町《よろずちょう》に入ったところで、足を止めた。千草の待つ自宅屋敷にまっすぐ帰ってもよかったが、軽く寄り道をしようと思い立った。歩き疲れたというのもあるが、聞き調べの整理をしようと考えたのだ。

立ち寄ったのは本材木町一丁目にある小料理屋だった。町は逢魔時《おうまがとき》で歩く人の顔が見えにくくなっていた。

店に入ると窓際の席に座り、酒と品書きにあった白魚《しらうお》の佃煮《つくだに》を注文した。白魚はいまが旬だが、足が早いので佃煮は正解だ。

他に客は二人しかいなかった。いずれも勤番侍《きんばんざむらい》のようだ。伝次郎は櫺子格子《れんじごうし》の向こうを眺める。黄昏《たそが》れた道を急ぎ足で歩く者もいれば、日の暮れを待って飲みに出かける者の姿もある。

どこからともなく清掻《すがが》きの音が聞こえてきたとき、酒と肴が運ばれてきた。

温燗《ぬるかん》の酒は口中にまろやかな味を広げ、喉から胃の腑《ふ》にゆっくり滑り落ちていく。白魚の佃煮は塩気もほどよく酒によく合う味だ。

二杯目の酒を猪口《ちょこ》につぎながら殺された長峰与兵衛一家のことを考えた。あの家は五人家族にはもったいない広さだった。しかも、一階と二階に分かれて寝ているときに襲われたと考えていい。

三枝甲右衛門はその五人を非情にも斬殺し、金を奪って逃走した。つまり、三枝は与兵衛の家に相当の金があることを知っていたはずだ。

いまのところ、三枝と与兵衛の間に揉《も》め事があったという話は出ていない。つまり、三枝の目あては最初から金であったと考えるべきだろう。

気になるのは、与兵衛宅に雇われていたおしげという女中と下男のことだ。おしげはいまどこに住んでいるかわからないが、手癖の悪さがもとで暇を出されていた。

しかし、おしげは与兵衛の家にいかほどの金があり、どこにその金がしまわれていたかを知っていたと考えていい。

伝次郎は客間に据えられている燭台《しょくだい》を凝視する。いつしか客が増えて、笑い声が聞こえるようになった。

最大の問題は、三枝の行方であるが、皆目見当《かいもく》もつかない。追う手掛かりもない。伝次郎はくっと口を引き結び、それから酒を口に運んだが、与茂七と粂吉の調べが気になった。似面絵もできただろうかと思う。

伝次郎は白魚の佃煮で二合の酒を飲むと店を出た。表は夜の帳《とばり》に包まれ、空には無数の星が散らばっていた。

夜道を歩きながら千草のことが頭に浮かんだ。大事な店を失いながらも、気丈《きじょう》に振る舞っているが、落胆は大きいはずだ。それに、もう店はやらないと言った。

されど、活発な千草は客商売が好きな女だ。おとなしく家事に専念できるだろうか？　それにしても――人は大事なものを手に入れ、そしてそれを失って死んでいくのかもしれない。千草は早くに夫をなくしているが、それは自分も同じであった。

伝次郎は愛妻の佳江《よしえ》と息子の慎之介《しんのすけ》を失っている。もうずいぶん昔のことではあるが、その悲しみを忘れたわけではない。だからといって悲嘆《ひたん》に暮れて生きるわけにはいかないし、先に旅立った妻子もいじいじと生きる伝次郎のことを嫌うはずだ。

人はつらいことや悲しいことを、ひとつひとつ乗り越えて生きねばならぬ。それが人生なのだろう。

伝次郎は遠くの空に浮かぶ明るい星を見て、深いため息をついた。

日が落ちてから少し風が冷たくなっていた。酒で火照《ほて》った肌をその風が刺してきた。


自宅屋敷に帰ると、条吉と与茂七が戻っているのがわかった。玄関の戸を開けたのを聞いた与茂七が素速く濯ぎを運んできた。

「何かよい種は拾えたか？」

伝次郎は雑巾で足をぬぐいながら聞いた。

「似面絵はできました。桂川志峰さんが明日にでも増し摺りをするはずです。旦那のほうはどうでした？」

「ま、あとで話す」

立ちあがって廊下に進むと、千草がお帰りなさいと言って、夕餉はどうするかと聞いてきた。

「先に条吉たちと話をしたい」

千草はそのまま台所に戻った。

座敷に入ると粂吉がねぎらいの言葉をかけてきた。

「まずは、おまえたちの話を聞こう」

伝次郎がそう言って腰を下ろすと、粂吉が一枚の似面絵をわたした。

「これが、三枝か……」

伝次郎はその似面絵を凝視した。細面でやや吊り目。鼻は高からず低からず。唇は薄いほうだろうが、これも並の口だ。黒子や痣《あざ》、あるいは傷痕などはない。

「大蛇の彫り物をしているのだったな」

「へえ、それは裸にしないとたしかめられませんが、気になる話を大吉という魚屋の棒手振から聞きました」

「どんなことだ？」

伝次郎は粂吉を見た。

「与兵衛さんの家には昔、女中がいたそうです。その女中が、与兵衛さん一家が襲われる一月前か二月前かその辺ははっきりしませんが、三枝と親しげに話しているのを大吉が見ていたんです。おかしいと思いませんか。長屋の者に嫌われていた三枝が、与兵衛さん宅の元女中と話していたというのは……」

「その女中はおしげという名だ」

伝次郎がそう言うと、粂吉と与茂七は驚いたように顔を見合わせた。

「そのおしげは手癖が悪かったらしく暇を出されている。与兵衛宅が襲われる前のことだ。もうひとり下男も雇っていたらしいが、おしげといっしょにやめさせられている」

「それじゃ、おしげはあやしいですね」

与茂七が目を輝かせて言う。

「うむ。手癖の悪かったおしげは、与兵衛宅にいかほどの金があったか調べていたかもしれぬ。そのおしげが三枝と知り合いだったとすれば、ひょっとすると二人が組んで与兵衛の家の金を盗む計略《けいりやく》を立てたということが考えられる」

「旦那、そのおしげの居所は？」

粂吉が身を乗り出して聞く。

「それは明日にでも調べなければならぬことだ。それより気になることがある」

「何でございましょう……」

「ちょっと待て。喉が渇いた」

伝次郎はそう言って台所の千草に声をかけ、酒と少しでよいから肴を見繕ってくれと頼んだ。

六

千草は五合徳利と肴に香《こう》の物と、ひじきと豆の煮物を運んでくると、話の邪魔になってはならないのを心得ているので、すぐ台所に下がった。

にわかに頬をゆるめた与茂七が伝次郎と粂吉に酌をし、自分は手酌をした。

「気になるのは、与兵衛の家を三枝ひとりで襲ったのだろうかということだ」

伝次郎はそう言って、その日岡っ引きの文七から聞いたことを話した。

「そう言われると、たしかにひとりで五人を手にかけたというのは疑わしいですね」

粂吉は猪口を持ったまま伝次郎を見る。

「あの一件を調べた貞方は、息を吹き返したおしんという与兵衛の娘の話を聞き、下手人は三枝甲右衛門だと決めつけた。助をしていた文七もそう思い込んだ。まあ、無理もないことだと思うが、じつは三枝ひとりの仕業ではなかったような気がする」

「すると、三枝には仲間がいたってことになりますね。でも、何でおしんはそのことを話さなかったんでしょう？」

与茂七の疑問だった。

「もっともなことだ。おしんは息を吹き返しはしたが、それから間もなく死んでいる。そのことを考えると、詳しい話はできなかったのではなかろうか。あるいは、三枝の顔だけを見て、他の仲間を見ていなかったのかもしれぬ」

「そう言われると、たしかにそんな気がしてきました。寝込みを襲ったとしても、ひとりで五人を手にかけるのはなまなかではないはずです。それで戸締まりはどうなっていたんでしょう」

与茂七は酒をあおった。

「戸締まりはしてあったはずだ。だが、賊がその気になれば家のなかに入るのは造《ぞう》作《さ》もないことだ。それから与兵衛の家にあった金だが、与兵衛の女房のおみつは、母親のおりつに愚痴を漏らしている」

「出羽屋《でわ》に行かれたのですか？」

条吉が顔を向けてきた。伝次郎はうなずいて話をつづけた。

「与兵衛は金持ちのくせに妙にしみったれたところがあったと。女房のおみつには木綿しか着せなかったらしい。盗まれた金は百両ほどだという話だが、それはたしかな金高《かねだか》ではない。おそらくもっと多いだろう」

「それはいかほどで……」

条吉が聞く。

「今日は与兵衛が持っていた長屋を見て来た。孫作店を除いた四軒の長屋だ。いまは他の者が家主になっているが、その四軒はいずれも大きな長屋だ。表店《おもてだな》が八軒から十軒、裏店が十五軒から二十軒ある。孫作店だけが小さな長屋だ。それだけの長屋を持っていれば、毎月いかほどの家賃が入ってくるか……」

「まあ、安く見積もっても三十両は下らないでしょう」

条吉が答えた。

「大層な実入りだ。盗まれた金はおそらく百両どころではないはずだ」

「ちょっと待ってください」

与茂七だった。

「その与兵衛さんの持ち家は誰が引き継いだんです？　引き継いだ者は相当得をすることになります」

「与兵衛は地主ではなかった。地借人《じしゃくにん》だったのだ」

つまり、与兵衛は地主から土地を借り、そこに長屋を建て、毎月地代を払う立場にあったということだ。

「すると、長屋は地主が引き継いだってことですか」

「さようだ。地主が新たな大家を雇い、五軒の長屋を引き継いでいる。ゆえに孫作店を引き継いだのが雇われ大家の甚助ということになる」

「その地主と与兵衛さんに揉め事はなかったんで……」

伝次郎はなかったと言って首を振った。

「そうなると、おしげって女中を捜さなきゃなりませんね」

「まずはそうだ」

「旦那、三枝は半年ほど前に両国にいたことがわかっています。あっしは江戸にいるような気がします」

条吉が真剣な目を向けてくる。

「そうであることを願う。在《ざい》に逃げているなら面倒だからな」

伝次郎は蕪《かぶ》のぬか漬けをつまんで酒を飲んだ。

「明日は似面絵が摺りあがります。三枝が江戸にいれば、何か引っかかりがあるかもしれません」

「何枚摺るように頼んである？」

「三十枚です」

「十分だろう。似面絵には三枝の年と彫り物のこと、そして鉄蔵という通り名があることを書き足すのを忘れるな」

条吉と与茂七は心得たという顔でうなずく。

「よし、明日は与兵衛の家に雇われていたおしげという女中を捜すが、おしげといっしょに雇われていた下男のことも調べる。心してかかるぞ」

七

夜中に天気が変わり、翌朝は細かい霧雨が降っていた。

伝次郎は与茂七に摺りあがった似面絵ができたら、湯島一丁目の自身番《じしんばん》に持ってくるよう言いつけて、絵師の桂川志峰宅に向かわせた。

「条吉、舟でまいる。この雨はいずれやむはずだ」

伝次郎は亀島橋へ行くと、猪牙舟に乗り込み、もう一度空模様を見た。船頭をやっているうちに、ある程度天気の予想をつけられるようになっていた。

浜の漁師もそうだが、船頭も空模様には敏感で、昔から伝えられてきた雲の色や流れ、そして風向きなどでその日の天気を判断できた。もっとも必ずしも的中するとはかぎらないが。

猪牙舟を出した伝次郎はゆっくり棹を使って日本橋川《にほんばしがわ》を横切り、それから大川に出た。あとは柳橋をくぐって神田川に入るまで櫓に切り替える。

霧雨の細かい粒が顔に張りついてくるが気にはならなかった。屋根船や荷舟も普段と変わらずに川を上り下りし、また横切っていた。

大川端の土手には新芽を吹き出した小さな木々が風に揺れていた。川岸まで伸びた雑草も同じだ。霧雨のせいで周囲の景色は紗《しゃ》がかかったように見える。

「条吉、おしげをどうやって捜す？　おしげの人別帳はもう残っていないはずだ」

伝次郎は櫓を漕ぎながら前に座っている条吉に声をかけた。

「与兵衛さんの家は神田金沢町でした。だとすれば、近所の口入屋《くちいれや》をあたるしかないと思います」

「うむ。よかろう。向こうに着いたら手分けしてやろう」

「承知です」

伝次郎は櫓を漕ぎつづけた。

両国橋を過ぎ、柳橋をくぐり抜けると、伝次郎は棹に持ち替えて神田川を遡上《そじょう》した。霧雨は弱くなっており、薄い雲の向こうに日が見えるようになった。

伝次郎は筋違橋に近い佐久間河岸の外れに猪牙舟を舫うと、

「一刻ほどのちに湯島一丁目の番屋で会おう。与茂七が、その頃には似面絵を持ってくるだろう」

と、粂吉に言いつけた。

「あっしは神田金沢町の東側をあたります」

「ならばおれは金沢町の西側で聞き調べをしよう」

その場で粂吉と別れた伝次郎は、まず湯島一丁目の自身番を訪ね、自分の用向きを話し、ここを連《つな》絡の場にすると、詰めている町役連中に話した。

書役《かきやく》以下の番太《ばんた》たちは心得顔で引き受けた。

口入屋はいまでいう職業斡旋所《あっせんじょ》で、武家や商家の奉公人から日傭取《ひようと》りまで扱う。なかには妾《めかけ》や乳母《うば》、用心棒まで仲介するところもある。その数は市中に三百は下らない。

自身番を出た伝次郎は、与兵衛が土地を借りていた地主の家に向かった。それは二人いた。ひとりは下谷練塀小路《ねりべいこうじ》に住む山岡喜久衛門《やまおかきくえもん》、もうひとりは下谷御数寄屋町の崎村喜十郎《さきむらきじゅうろう》だった。

長峰与兵衛は山岡喜久衛門から三つの土地を、崎村喜十郎から二つの土地を借りて、長屋経営をしていた。この二人に会うのは、与兵衛と関係があり、少なからず交友があったと考えたからだ。

ひょっとすると、使用人を雇うにあたり、相談しているかもしれない。しかし、山岡喜久衛門は使用人に関しての相談はなかったし、

「相談されても困ることですからね。与兵衛さんが雇ったのは知り合いの紹介か口入屋でしょう」

と、期待外れであった。

崎村喜十郎のほうも、

「使用人の雇いは与兵衛さんがお考えになったことでしょうから、手前どもは一切関わっておりませんで……」

と、申しわけなさそうに頭を下げた。

伝次郎はやはり口入屋をあたるしかないと思い、神田明神下の通りに戻り、口入屋を探して聞き込みをしていった。三軒の店をあたったが、与兵衛の屋敷に人を斡旋してはいなかった。

神田仲町の口入屋を出たところで、そろそろ粂吉と落ち合う刻限になった。与茂七も湯島一丁目の自身番で待っているだろうし、摺りあがった似面絵を受け取りたかった。

自身番に戻ると、与茂七が表の床几《しょうぎ》に座っていた。さっと立ちあがり、

「おしげのことはわかりましたか？」

と、聞いてきた。

「何もわからぬ。粂吉のほうはどうかわからぬが、似面絵はどうだ？」

「ちゃんと持ってきました。旦那たちを待つ間に、三枚の通り名と彫り物のことを書いておきました」

与茂七は気を利かしたようだ。

「上出来だ」

自身番に入ると、与茂七が持ってきた摺り増しの似面絵を眺めた。摺りあがったばかりなので、墨のいい匂いが残っている。

伝次郎は詰めている書役に三枚わたして、自分は十枚を懐に入れた。

「粂さんを待つ間に、おれは動いてもいいですけど……」

与茂七はやる気を見せる。

「まあ、焦ることはない。まずは粂吉の話を聞きたい。だめだったら、三人で聞き込みだ」

店番が淹れてくれた茶を飲んでいるときに、粂吉が息を切らして自身番に入って来た。

凡庸《ぼんよう》な顔にある目を輝かせて、

「旦那、わかりました」

と、言った。

「与兵衛さんは神田花房町《はなぶさちょう》にある『笹屋《ささ》』という口入屋に頼んでいたんです。おしげが雇われたのは六年半ほど前です。それから下男の徳助は与兵衛さん宅に来る前は一季奉公の渡り中間をやっていたので、いまもどこかのお屋敷奉公をしているかもしれません。書き付けてきました」

粂吉はその書付を伝次郎にわたした。

おしげは当時二十七歳。いまは三十三歳。住み込みで与兵衛宅に入る前の住居も、生まれた地も、請人の名も書かれていた。徳助のことも同じように判明した。

「粂吉、与茂七、まずはおしげを捜す。見つけても手出しをせず、しばらくは様子を見るのだ。行くぞ」

座っていた伝次郎はすっくと立ちあがった。

# 第四章　女中の行方

一

「おしげの生まれは須崎村《すさき》で、百姓の喜八《きはち》と梅《うめ》の娘だ。与兵衛さん宅の女中に雇われたときの請人は、浅草並木町《あさくさなみきちょう》の蠟燭問屋《ろうそく》『春日屋《かすが》』の番頭治三郎《じさぶろう》となっている」

伝次郎が猪牙舟を出すと、粂吉が与茂七に説明した。

「実家は須崎村のどこです？」

「業平橋《なりひら》をわたった先だ。徳助は渡り中間をやっていた男で、与兵衛さん宅に来る前は、千五百石《こく》取り寄合旗本《よりあいはたもと》の村上元三《むらかみげんぞう》様の屋敷にいた。その屋敷は浅草阿部川町《あべかわちょう》の南、新堀川《しんぼりがわ》のそばだ。請人は浅草福富町《ふくとみちょう》の大工道造《みちぞう》となっている」

「徳助はいくつなんです？」

「四十四だ」

「徳助とおしげの繋がりはどうなんです？　与兵衛さん宅に雇われる前からの知り合いだったんですかね」

「それはわからねえ」

与茂七と粂吉のやり取りを聞いていた伝次郎は、浅草橋の袂に猪牙舟をつけた。

与茂七と粂吉が、どうしたんだという顔で見てくる。

「手分けして聞き込む。与茂七は徳助の請人だった大工の道造に会ってきてくれ。粂吉、おぬしは蠟燭問屋春日屋の治三郎に会って話を聞いてくれ。おれは須崎村のおしげの生家へ行ってくる」

「それじゃ、おれはここで下ります」

与茂七は身軽に河岸道にあがった。

「粂吉、おぬしはどうする？　駒形堂《こまがたどう》の近くで下ろしてもいいが……」

「それじゃ、そうしてください」

「与茂七、調べが終わったら湯島一丁目の番屋で待て」

「はい」

与茂七が立ち去ると、伝次郎は再び猪牙舟を出した。霧雨はいつしかやんでおり、薄い雲の向こうに日の光が見えていた。

駒形堂で粂吉を下ろした伝次郎は、そのまま吾妻《あずま》橋を抜け、源森《げんもり》橋をくぐって大横川に入った。おしげが実家に戻っていれば、三枝の行方をつかめるかもしれない。しかし、それはあわい期待だと考えたほうがよいと、気を引き締める。

業平橋の袂に猪牙舟をつけ、そのまま陸《おか》に上がり須崎村に足を運んだ。このあたりはもう江戸の郊外で、民家は数えるほどしかない。道は霧雨で湿っており、畦道《あぜみち》に咲いている蒲公英《たんぽぽ》や菫《すみれ》が日の光をほしがるように花を開いていた。

出会った村の者に喜八という百姓のことを聞いたが、知らないと言う。つぎに野良仕事をしていた百姓に声をかけた。

「喜八さんですか……」

くたびれた菅笠《すげがさ》を目深《まぶか》に被《かぶ》った百姓は、腰をたたきながら伝次郎に顔を向けた。

「だったら、もういませんよ。二年ほど前に死んだんです」

「女房はお梅といって、おしげという娘がいたはずだが……」

「ああ、お梅さんも死んじまってます。もう四、五年になるでしょうか。おしげという娘はたしかにいましたが、十三か十四でこの村を出て行って、いまはどこで何をしているかわかりません」

「家はどうなっている？」

「去年の大風で潰れちまいました。すぐ近くですから案内しましょうか……」

伝次郎は短く迷って、たしかめようと考え、案内を頼んだ。

たしかにおしげの実家はあった。小さな百姓家《ひゃくしょうや》で背後に竹林を背負っていた。しかし、家はひしゃげたように潰れていて人の住める状態ではなかった。

「おしげがその家に戻ってきたようなことはないかね。五年前なら両親は生きていたはずだ」

百姓は手鼻をかんで、それはどうですかねと首をかしげ、喜八の娘が帰ってきたという話は聞いたことがないと言う。

「おしげに兄弟はいなかったのだろうか？」

「ありゃ、ひとり娘でしたから……」

徒労《とろう》であった。伝次郎は親切な百姓に礼を言って猪牙舟に戻った。

すぐに舟を出さず、艫《とも》に腰掛けて煙草を喫《の》んだ。雲の切れ目から日の光が伸びて、江戸の町があかるくなっていた。

業平橋をわたる大八車を眺めながら、おしげのことを考えた。手癖が悪く、暇を出された女。

そして、与兵衛一家が襲われる前におしげは三枝甲右衛門と親しげに話していた。

（どういうことだ……）

昔からの知り合いだったのか？ それともたまたま三枝に会って話をしていただけか？

三枝は同じ長屋の者と懇意にしていない。口も利かず、挨拶もろくにしなかった男だ。それがおしげと話していた。

（いったいどういう間柄だったのだ……）

掌《て》に煙管を打ちつけ、ふっと灰を吹き飛ばした。川に落ちた灰は「じゅッ」と、小さな音を立てて沈んだ。

伝次郎は棹をつかむと猪牙舟を出して大川を下り、連絡場の自身番に戻ることにした。

与茂七と粂吉は調べを終えているかもしれない。

はたして湯島一丁目の自身番に戻ると、粂吉が書役と茶を飲みながら世間話をしていた。敷居をまたいだ伝次郎に粂吉が気づくと、

「旦那、春日屋という蠟燭問屋はありましたが、治三郎という番頭はいませんでした」

と、開口一番に言った。

「いなかった？」

「はい、そんな名前の番頭もいなければ手代にも治三郎という男はいなかったんです。おしげは口入屋に嘘をついていたんです」

「すると、請人の爪印《つめいん》か印判《いんばん》は偽物《にせもの》だったのか」

「おそらく知り合いに頼んだんでしょう。そう考えるしかありません。で、旦那のほうは……」

「二親《ふたおや》は死んでいた。家も潰れていたし、おしげは十三か十四のときに村を出て、戻っていないようだ」

「それじゃ、どこに……」

伝次郎は粂吉の横に腰を下ろして、捜すしかないと言った。

二

その頃、与茂七は大工の道造に会っていた。

道造は浅草猿屋町《さるやちょう》にある酢醤油屋「利根屋《とねや》」の蔵普請《くらぶしん》をやっているところだった。

「徳助は三月前にふらっとやってきたけど、それから会ってねえな」

「どこにいるかわからねえですか?」

「三月前に来たときゃ、なんて言ったかな……市川《いちかわ》……そうだ市川左近《さこん》とか右近《うこん》とかっていう殿様の屋敷に雇われているって言ってたよ」

「そんときの請人にはなってねえので?」

「なってねえな。長屋を何軒も持っている大家の使用人になるときゃ、あっしが請人になったが……。あの野郎が何か悪さでもしでかしたかい?」

道造は胸のあたりをぼりぼりかきながら与茂七を見る。

「会って話を聞かなきゃならない。ただ、それだけのことです。すると、いまは市川左近とか右近とかって殿様の屋敷にいるんですね。どこにその屋敷があるか聞いてねえですか？」

「そう遠くじゃなかったたな。たしか……湯島のほうだった」

「湯島のどこか聞いていませんか？」

与茂七は真剣な目を道造に向ける。道造は無精《ぶしょう》ひげの生えた顎をさすりながらしばらく考えていたが、小さな目をぱっと大きくして思い出したと言った。

「木食寺だ。そうだ、木食寺のそばだと言ってた」

湯島の木食寺がどこにあるか見当はついているが、詳しくは調べればすむことだ。

与茂七は道造に礼を言って連絡場の自身番に戻ることにした。

徳助は旗本屋敷ではたらいているらしいが、武家屋敷への聞き込みは与茂七ではできない。ここは伝次郎を頼るしかない。

湯島一丁目の自身番に戻ると、伝次郎と条吉が待っていた。

「徳助の居所はわかりました」

与茂七が報告するなり、伝次郎と条吉は目を輝かせた。

「はっきりした屋敷はわかりませんが、木食寺のそばにある旗本屋敷です。寺がどこにあるかわかりませんが……」

与茂七がそう言ったとき、文机についていた書役が言葉を挟んだ。

「木食寺は、近所の者たちはそう呼んでいますが、円満寺《えんまんじ》のことです。この前の道を上っていった右手にある寺がそうです」

与茂七たちは書役を見た。

「その近くに市川左近とか市川右近という旗本の屋敷があるはずだが、わからねえか？」

与茂七に聞かれた書役は、

「あの寺の近所には三、四軒の旗本屋敷があるだけですから、行けばわかるはずです」

それを聞いた伝次郎がすっくと立ちあがった。

「よし、これから訪ねる」

そのまま自身番を出た伝次郎を追いかけるように、与茂七と粂吉があとにつづいた。

「粂さんたちの調べはどうだったんです」

与茂七は粂吉に顔を向けた。

「おしげの請人は嘘だった。旦那はおしげの実家に行ってきたが、二親は死んでいて家は潰れていたそうだ」

「それじゃ、おしげの居所は……」

「わからねえ」

与茂七は先を歩く伝次郎の広い背中を見て声をかけた。

「旦那、こうなると徳助が頼りってことになりますね」

「何か知っておればよいが、とにかく会って話をしてみなければわからぬ」

伝次郎はそのままずんずん足を進める。三人が歩いているのはいずれ中山道《なかせんどう》となる道である。

右が神田明神、左は昌平黌《しょうへいこう》だ。しばらく行くと土地の者が木食寺と呼ぶ円満寺があった。寺の先を右に折れるとたしかに数軒の旗本屋敷があった。

与茂七はそのとき、佐吉の家がこの近くにあるはずだと、町屋をひと眺めした。

伝次郎は先の辻番所で番人に声をかけて、近くに市川左近、あるいは右近という旗本の屋敷があるかと訊ねた。

「それなら市川右近様です。そこの屋敷がそうです」

何のことはない。市川右近家の屋敷門の前だったのだ。伝次郎が表門を叩いて声をかけると、脇の潜り戸が開き、中間らしき門番が顔をのぞかせた。

「南御番所の与力、沢村伝次郎と申す。殿様に用があるのではない。こちらの屋敷に奉公している徳助という中間がいると思うが、会って話を聞きたい。取次ぎを頼みたい」

中間は訝《いぶか》しげな目を伝次郎から、与茂七と粂吉に向けたあとで、

「しばしお待ちを……」

そう言って潜り戸を閉めた。

「いるようだな」

伝次郎が与茂七と粂吉を振り返った。それからすぐに、さっきの中間が潜り戸を開けて、入ってくれと屋敷内へ促した。与茂七と粂吉は門外で待つことにした。

「徳助がおしげの居所を知ってりゃいいんですがね」

与茂七は屋敷門を眺めて、粂吉につぶやく。

「知ってりゃ、三枝の居所もわかるかもしれねえからな」

「それにしても三枝のことを詮議していた貞方の旦那は、どうしておしげのことを調べなかったんですかね」

「おそらく、思い込みだろう。与兵衛さんの娘が、孫作店の三枝が下手人だと言ったから、てっきりそうだと決めつけて、他のことまで頭がまわらなかったと考えるしかねえ。旦那もそう言っていたじゃねえか。それに、そういうことってあるだろう」

粂吉は一度言葉を切ってつづけた。

「貞方さんの思い込みが探索の邪魔になったのだ。おしんの証言で下手人は三枝だとわかったのだからな。ところが、それがかえって探索を難しくし、貞方さんの調べが進まなくなった。そう考えるしかない」

なるほどなと、内心で納得する与茂七は、市川右近家の長屋門《ながやもん》の向こうにある空を眺めた。

# 三

徳助は足腰の丈夫そうな小柄な男で、目尻の下がった人のよさそうな顔をしていた。

「あっしが中間仕事をするようになったのは、町駕籠《まちかご》を担いでいるときでした。そのとき、ある殿様を何度か乗せたことがあり、うちに来ないかと誘われまして、きつい駕籠舁《か》きより中間仕事がいいと思って言葉に甘えたのがきっかけでした」

徳助はそれから年季《ねんき》雇いや半季雇いの中間仕事をつづけていた。

「家持ちの与兵衛さん宅に行ったのは、長年やってきた中間仕事に見切りをつけようと思ったからです。年も四十に届こうという頃でしたから、殿様のお屋敷勤めをやめようと考えていたんです」

「まあ、その辺のことはいい。知りたいのは、同じ与兵衛宅にいたおしげという女中のことだ」

伝次郎は徳助の長話を遮《さえぎ》った。

「ありゃあ、とんだすれっからしでしたよ。あっしはやましいことなど何もしてないのに、あの女のせいで暇を出されたんです」

「おしげは手癖が悪かったと聞いたが……」

「油断も隙《すき》もない女です。女中ですからおかみさんの部屋や娘の部屋にも出入りするし、与兵衛さんの部屋にも、掃除だ、片づけだと言って入れますからね。そんなとき、ちょいちょい盗みをやってたんです。それが見つかって、あっしまで疑われたんです。おしげと共謀《ぐる》だったんだろうって……とんでもないです。あっしは身に覚えのないことだと弁解したんですが、与兵衛の旦那もおかみさんも聞く耳を持ってませんで、それで追い出されちまいました。ま、それがかえってよかったのかもしれません。ここの殿様は、給金の他にときどき小遣いをくれますし、奥様も何か用をすますとご苦労だねと心付けをくれるんです。それに、いまは中間頭《がしら》にしてもらいましてね」

徳助はよく話す男だ。伝次郎としては都合がよい。

「与兵衛の家にはいかほど勤めていた?」

「一年ばかりですか、おしげはそのあとで入って来たんです。七月《ななつき》ほどで暇を出されましたが……」

伝次郎は眉宇をひそめた。おしげが七月しか与兵衛の屋敷にいなかったというのは、気になる。

「その後、おしげに会ったことはないか？　与兵衛の家をやめたあとだ」

「あります」

伝次郎は片眉を動かした。

「ほんの二月《ふたつき》ほど前でしたよ。奥様に用を言いつけられて明神下《みようじんした》の傘屋に日傘を買いに行ったときです。うしろからあっしの名を呼ぶ女がいるんで、振り返るとおしげだったんです。何してるんだと聞くと、小間物屋に鬢付《びんつ》けを買いに来たところだと言います」

「そのとき、おしげはひとりだったか？」

「ひとりでしたね。それで、いまはどこではたらいているんだと聞くと、あっしを小馬鹿にするような笑みを浮かべて、人に使われるのはいやだから好きなことをしている。いい人ができたと言いやがる。あっしは、そりゃよかったなと言ってやりました」

「いい人ができたと言ったのか？」

「へえ、なんだか自慢そうな口ぶりでしたよ。着物も木綿じゃなく紬《つむぎ》かなんか着てましたね。羽振りよさそうにしてましたよ。きっとうまいこと金持ちに取り入ったんだと思いました。そういう女なんですよ。三十過ぎの大年増《おおどしま》ですが、男好きのする女ですから……」

「どこに住んでいるか聞かなかったのだな」

「そんなこと聞いたってしょうがねえですから……」

「おまえは孫作店にいた三枝甲右衛門という浪人に会ったことはあるか？」

伝次郎はそう言って似面絵を徳助に見せた。

「会ったことはないですが……へえ、こういう浪人でしたか……」

徳助は似面絵をまじまじと眺めた。

「おしげだが明神下の近くに住んでいそうか？　それはどうだ？」

「それはわかりません。得意そうな顔であっしに、いまはなにしてんだと聞くんで、殿様の屋敷勤めだと言うと、あんたも卯建《うだつ》のあがらない男だねと、また小馬鹿にしやがる。腹の立つ女です」

「与兵衛の家を追い出されるとき、おしげはどこへ行くとか、これから何をするとか、おまえに話をしていないか……」

伝次郎は徳助を凝視する。徳助は顎を撫でてしばらく考え込んだ。記憶の糸を手《た》繰《ぐ》るような目つきだった。

「そういえば、尾上町《おのえちよう》の何とかって料理屋に知り合いがいるんで、そこではたらくようなことを言っていたような気がします」

「尾上町って両国東の尾上町か……」

「だと思います。ああ、そうだ、『相模屋《さがみ》』という料理屋です。たしかそう言ってました。あっしは相模の平塚《ひらつか》の出なんで、覚えてんです」

「本所尾上町の相模屋だな」

「もう六年も前のことですから定かじゃありませんが、そう言った気がします」

伝次郎はおしげの尻尾をつかめる感触を得たと思った。

「もうひとつ聞くが、おしげは下手人の三枝を知っていただろうか。三枝が与兵衛宅に来ていたとかそんなことだ」

「いや、それはわかりません。あの浪人のことは噂でしか聞いてませんで……」

伝次郎はもっと他に聞いておくことはないかと、視線を母屋《おもや》に向けて考えた。

「二月前におしげに会ったのはたしかだな」

「はい。その頃でした」

「手間を取らせた」

伝次郎はそのまま市川家の屋敷を出た。

表で暇を潰していた与茂七と粂吉がすぐそばに寄ってきた。

「何かわかりましたか？」

粂吉が問うた。

「歩きながら話す」

伝次郎はそう言って、徳助から聞いたことを大まかに話した。

「すると、おしげが与兵衛さん宅にいたのは七月ですか……」

粂吉がつぶやく。

「三枝はいかほど孫作店にいたんでしたっけ？」

「与兵衛宅を襲う一年ほど前からだ」

「そのとき、おしげはすでに与兵衛さんの家にはいなかったんですね」

「さようだ。ところが、与兵衛一家が襲われる二月か三月ほど前に、おしげと三枝が与兵衛の家の近くで話している」

「棒手振の大吉が見ているんですからね」

与茂七は歩きながら腕を組み、

「おしげと三枝は以前から関わりがあったってことじゃないですか。そう考えてもおかしくない気がします」

と、言って伝次郎に顔を向ける。

「そうかもしれぬ」

伝次郎は湯島の通り、中山道になる道に出ると、そのまま湯島一丁目のほうに向かう。

「おしげは二月ほど前、明神下で徳助に声をかけている。ひょっとすると、この界《かい》隈《わい》に住んでいるのかもしれぬ」

伝次郎は視線を坂下の町屋に向けた。

「旦那、本所尾上町の相模屋って料理屋に聞き込みしなきゃなりませんね。おしげは与兵衛さんのところをやめたあと、相模屋ではたらくようなことを言ったんですから……」

伝次郎に与茂七が肩を並べてきた。

「よし、まずはそっちの調べをしよう。粂吉、与茂七といっしょに相模屋に行って来てくれ。おれはもう一度、貞方のことを調べる」

「貞方さんを刺した野郎のことですか……」

粂吉が顔を向けてくるのに、伝次郎は静かにうなずき、

「相模屋に行ってこい」

と、命じた。

## 四

貞方栄之進が殺されたのは、約二年前。随身門の貫太郎一家が仕切る賭場でのことだった。貞方を刺したのは貫太郎一家の若い衆、杉蔵という男だった。

伝次郎はそのことが引っかかっている。なぜ、いきなり貞方は殺されなければならなかったのだ。

単に賭場の取締りを嫌ってのこと、あるいは胴元の貫太郎を庇《かば》ってのことだと、安易に考えることはできない。

杉蔵は三枝甲右衛門と繋がっていたのではないか。あるいは、その場に三枝がいたかもしれない。

伝次郎の疑問はそこであった。

向かうのは浅草寺界隈である。貫太郎は浅草の博徒《ばくと》だった。いまは八丈島へ流されているが、その子分は他の博徒一家に身を置いているかもしれない。

浅草寺に向かいながら、数ヶ所の自身番に立ち寄り、三枝の似面絵をわたした。そのとき、おしげの人相書も作ったほうがよいかもしれぬと考えたが、それは粂吉と与茂七の調べ次第でよいだろうと考え直す。

朝のうちは霧雨だったが、いまは雲が払われ、晴れ間がのぞいている。ときどき鶯《うぐいす》の声が聞こえてきて、沈丁花《ちんちょうげ》の甘い香りも風に流されてくる。

浅草界隈にはいくつかの博徒一家がある。伝次郎はしばらく関わっていないが、知っている一家があった。

浅草阿部川町に一家を構える生駒《いこま》の安五郎《やすごろう》がそうだ。

木戸門を入って開け放しの戸口で声をかけると、目つきの悪い若い衆が出てきた。胡散臭《うさんくさ》い目で伝次郎を見て、何の用だと聞いた。

「南町の沢村だ。安五郎に取り次いでもらいたい」

若い衆は伝次郎が町奉行所の者と知り、少し態度をあらため、待っていろと奥に消えた。代わりに近くの座敷から顔を出した子分がにらみを利かせてくる。

伝次郎は軽く受け流す。さっきの若い衆はすぐに戻ってきて、刀を預からせてくれと言う。伝次郎は黙ってわたす。

通されたのは小庭の見える座敷だった。すでに生駒の安五郎が座っていた。

「沢村の旦那、ずいぶんご無沙汰でござんすね。何年ぶりでございましょうか?」

「もう十年はたつだろう。達者そうだな」

「旦那もお変わりなく。それでも小鬢に白いものが見えますね」

「おまえも相応に年を取ったようだな」

安五郎はにやりと頬を緩め、お互い様でございましょうと言葉を返した。鶴のように痩せていて、頬が削《そ》げている。それに髪には霜を散らしていた。もう五十半ばのはずだ。

「どんなご用で……」

「随身門の貫太郎一家は知っているな」

伝次郎は本題に入った。

「島流しになってるじゃありませんか。それに一家はもうありませんぜ」

「知ってる。子分たちも散り散りになっていると聞いているが、おまえのところに流れてきた者はいねえか」

伝次郎は言葉つきを変えて問う。その目は安五郎から逸《そ》らさない。

「何人かいますが……」

伝次郎はきらっと目を光らせた。

「この家にいるなら呼んでくれねえか。聞きてえことがあるんだ。なに、用はすぐにすむ」

安五郎は廊下に控えている子分に、

「春吉《はるきち》が奥にいたな。呼んでこい」

と、命じた。別の子分が二人分の茶を運んできて下がった。

「安五郎、三枝甲右衛門という浪人を知らないか。鉄蔵という通り名で呼ばれているかもしれねえ」

「三枝甲右衛門……鉄蔵……」

安五郎は短く視線を彷徨《さまよ》わせて、「いや、知らないですね」と、小首をかしげた。

「その浪人がどうかいたしやしたか」

「捜してるんだ」

そこへ、春吉という子分がやってきた。安五郎が貫太郎一家にいた者だと教え、伝次郎を春吉に紹介した。春吉は三十半ばの男だった。伝次郎はその春吉をじっと見つめてから口を開いた。

「二年ほど前、貫太郎一家の賭場であった騒動を知っているか？」

「あっしはいませんでしたが、知ってますよ」

貞方と久蔵が踏み込んだ賭場にいなかったのだ。伝次郎は少し落胆した。

「まあ、その騒動のときでなくてもいいが、この男が賭場に出入りしていなかったか？」

伝次郎は三枝の似面絵をわたして見せた。春吉はしばらく眺めていたが、

「あっしは知りませんが、伊太郎《いたろう》なら知ってるはずです。あっしはあのとき牢屋敷

に入っていたんで……」

「そうか。伊太郎という男はどこにいる？　会って話を聞きてぇんだ」

春吉は一度安五郎を見てから、伝次郎に顔を戻した。

「呼んでこい」

と、安五郎が命じた。春吉はすぐに席を立ち、伊太郎を呼びに行った。伊太郎が来るまで、安五郎は伝次郎と短い話をした。

「沢村の旦那のことは耳にしていますが、御番所に戻ったんですか？」

どうやら安五郎は伝次郎が町奉行所を追われたことを知っているようだ。

「戻っちゃいるが、御奉行の家来という扱いだ。御奉行がいる間だけの雇われ人と言ったほうがいいだろう」

「それでも御番所の役人に違いはねえじゃねえですか」

伝次郎は何も答えず、茶に口をつけた。安五郎の背後には床の間があり、高直《こうじき》そうな刀が刀掛けに置かれていた。小庭に日が差し、障子があかるくなったとき、伊太郎という男がやってきた。春吉と同じぐらいの年で小太りだ。

「おまえは二年ほど前、浅草の賭場で騒動があったとき、そこにいたそうだな」

「へえ」

伊太郎はにらむように上目遣《うわめづか》いに見てくる。

「あのとき貞方という同心が杉蔵というやつに刺された。杉蔵は松田久蔵という同心に、その場で斬られた」

「………」

「そのことは知っていると思うが、その賭場にこの男がいたか。もしくは貫太郎一家の賭場に出入りをしていた、あるいは貫太郎と付き合いがあったかもしれねえ」

伝次郎は三枝の似面絵をわたして聞いた。伊太郎の目が驚いたように見開かれたのはすぐだった。

「ときどき遊びに来ていた浪人です。みんな鉄蔵さんと呼んでいました」

伝次郎のこめかみの皮膚が動いた。伊太郎は言葉をついだ。

「町方の旦那を刺したのは杉蔵でしたが、杉蔵は鉄蔵さんとときどきつるんでいやしたね」

「鉄蔵がいまどこにいるか知っているか？」

伊太郎は首を横に振り、あれ以来、顔も姿も見ていないと言った。

「杉蔵の他に鉄蔵とつるんでいた者がいたはずだ。おめえに迷惑をかけるつもりはねえし、おめえから聞いたことは口外しねえから、正直に話してくれねえか」

伊太郎は少し躊躇《ためら》ったあとで話した。

「巳之吉《みのきち》って、ちょいと気障《きざ》っぽい男がいます。鉄蔵さんは千住《せんじゅ》のほうに住んでいたらしいんですが、巳之吉と江戸に戻ってきたようなことを言ってましたね」

「そりゃ、いつの話だ？」

「二年前の騒ぎがあったちょいと前でしたよ。巳之吉は不忍池《しのばずのいけ》のそばで水茶屋《みずぢゃや》をやっていると聞きました。女にやらせていたようですが……」

伝次郎はきらっと目を光らせた。やっと尻尾がつかめそうだ。

「その女の名は？」

伊太郎はわからないとかぶりを振った。

「水茶屋は不忍池のどこかわかるか？」

伊太郎はそれも聞いていないと言った。伝次郎は他に鉄蔵とつるんでいる男を知らないかと聞いたが、伊太郎の首は横に振られるだけだった。

# 五

おりきがまだ暖簾の掛かっていない相模屋の門口を入ったときだった。戸口前の掃き掃除をしていた仲居《なかい》のおそめがはっと顔をあげ、「おりきさん、おりきさん」と、せかせかと飛び石伝いに歩み寄ってきた。

「遅くなったわ。ちょいと亭主の飯の支度に手間取ってね」

おりきがそう言うと、おそめは声をひそめて、

「御番所の手先の人がおりきさんに用があると、さっきから待っているのよ。何かあったのかしら……」

と、まじまじと見てくる。

おりきは一度開け放してある戸口を見、それからおそめに顔を戻した。もしや、気の短い左官職人の亭主がまた喧嘩でもしたか、あるいは横山町《よこやまちよう》の薬種《やくしゆ》問屋に奉公している倅が粗相《そそう》でもしたかと思った。

「何かあったのかしらって、何かしら？」

おりきには心あたりがないので、おそめを見返す。

「なんでも、会って話を聞きたいと言って腰を据えて待っているのよ」

「どんな話を聞きたいと……」

それはわからないと、おそめはやはり声をひそめて言う。

「どこで待っているの？」

「表で待たせるわけにはいかないから、広座敷にいるわ」

相模屋は大きな料理屋で、貸座敷もある。広座敷は祝い事や大きな寄合に使われている。

おりきがその座敷に行くと、片隅で茶を飲んでいる二人の男がいた。ひとりはまだ二十代半ばだろうか、もうひとりはこれといって取り柄のない顔をした四十過ぎの男だった。

二人は同時におりきを見て、「おりきか？」と聞いてきた。

はいと、答えてそばに行くと、御番所の御用でやってきた粂吉だと年嵩《としかさ》の男が言って、ここに座れと促した。

「いったいなんでございましょう……」

おりきは目をしばたたきながら二人を眺めた。心《しん》の臓《ぞう》がどきどきしている。内心で身構え、膝の上で手を重ねた。若いほうは与茂七といった。

「おまえさん、おしげという女を知っているな」

粂吉は小さな目を向けてくる。油断のならない目つきだ。隣にいる与茂七もじっと見てくる。

「おしげ……」

「おまえさんと同じ須崎村の出だ。おしげはおまえさんをときどき頼っているそうじゃないか。そのおしげを捜しているんだが、知っていたら教えてもらいてえんだ」

おりきにはすぐにわかった。ひとつ下の女で、幼い頃から妹のように可愛がっていたおしげだ。忘れかけた頃にひょっこりあらわれ、楽しい話をしたり困りごとを相談しに来たりしている。

そんなおしげのことをおりきは心配している。それというのも、おしげには危なっかしいところがあるからだ。自分の器量に自惚《うぬぼ》れているところもあるし、男を騙《だま》したり騙されたりもしている。

「おしげちゃんが何かやったんですか？」

「何をやったと言うんじゃねえが、捜している男がいてな。ひょっとすると、おしげが知っているかもしれねえんだ」

条吉は訪問の意図を簡略に話し、おしげのことを根掘り葉掘り聞き、どこで何をしているか、いつ会ったかと聞く。

「会ったのは一年ほど前でしたけれど、その頃はどこぞのお武家様のお屋敷に奉公していると言ってました」

これは嘘だった。いやな予感がしたし、心の隅でおしげを庇いたいという気持ちがはたらいたからだ。

「どこの何というお武家だ？」

おりきは首をかしげて、それは聞いていないと言った。嘘をついたので心の臓がどきどきしていた。

「一年前に会ったとき、どんな話をした？」

与茂七という若い男がまばたきもせずに見てくる。

「どんな……さあ、何を話したかしら……」

おりきはとぼけたが、おしげの自慢話を聞いていた。そして、おしげはあたしもそろそろ身を固めようかと言った。そのとき、いい男ができたんだなとおりきは思い、悪い相手でなければよいけれど、と心配をした。

だが、おりきははっきりしたことを覚えていないので、忘れましたと答えた。与茂七は条吉と顔を見合わせ、どこに住んでいるかも知らないのかと聞く。

「おまえを頼るようなことを言っていたんだけどな。ま、それはずいぶん前の話だが……」

「捜してらっしゃるのは三枝甲右衛門さんという浪人ですよね。その人をおしげちゃんが知っているということでしょうか？」

「知っているのだ」

与茂七は焦《じ》れたような顔をして、条吉を見ると、懐から一枚の半紙を出した。それは似面絵付きの人相書だった。

「こいつは住んでいた長屋の大家一家五人を殺し、金を盗んで逃げている。この男とおしげは知り合いのようなんだ。どうしても会って話を聞きてぇ。おしげがどうこうしたというわけじゃねえ。どこにいるか知っていたら教えてくれ」

おりきは目をしばたたきながら忙《せわ》しく考えた。おしげがもし、人相書の人殺しを知っているだけならよいが、そうでなかったらどうなるだろうか？　ここは先におしげにたしかめたほうがよさそうな気がする。下手なことを言ったばかりに、おしげといっしょにいるかもしれない相方に迷惑をかけるかもしれない。

「いまは、どこに住んで何をしているかわからないのです」

目の前の二人は顔を見合わせ、ため息をついた。

もう日が落ちかかり、西の空に浮かぶ雲の縁が赤くなっていた。

「ずいぶん待ったのに、何も聞き出せなかったですね。あーあ」

与茂七は相模屋を出るなりぼやいた。

「ま、こんなことはいつものことだ。だが、どうする？」

粂吉が顔を向けてきた。

「旦那の調べが気になりますね。何かわかったことがあればいいんですが……」

「ああ、そうだな」

二人は東両国の雑踏を抜け両国橋をわたった。

「とりあえず、番屋に似面絵を預けておこうじゃねえか。せっかく作ったんだ」

「そうしますか」

与茂七は橋の欄干《らんかん》を掌でたたきながら応じた。

「そこらじゅうに配らなくていいから、大きな番屋に預けるんだ。場合によっちゃ摺り増ししてもらうことになるかもしれねえからな」

「粂さん、どの辺をまわります？」

「おれは両国界隈の番屋をまわろう。三枝は半年ほど前に両国で見られているからな」

「それじゃ、おれは御蔵前《おくらまえ》から神田のほうをまわってきます」

「終わったら旦那の家に行くことにする」

与茂七は両国橋をわたったところで粂吉と別れた。

六

与茂七は御蔵前の自身番を訪ね、それから神田川沿いの河岸道を辿り、近くの町屋を縫うように歩きながら、めぼしい自身番に立ち寄り、世間話を交えて三枚の似面絵をわたした。気がついたときにはあたりに夕靄《ゆうもや》が立ち込めていた。

懐には四枚の似面絵を残していたが、今日はこの辺でいいだろうと町屋を歩いた。家路を急ぐ職人や、買い物に出かける長屋のおかみがいる。店仕舞いにかかっている商家もちらほら見受けられた。

伝次郎の調べは気になるが、まっすぐ帰る気分にならなかった。かといって、これという探索の目処《めど》が立たない。

(帰るか……)

そう思って歩きながら、ふと佐吉のことを思い出した。佐吉の仕事場のすぐ近くだった。様子見のために佐吉を訪ねると、ひと仕事終えたらしく片づけをしていた。

「なんだ、与茂七か。丁度よかった。今日は早仕舞いだ。どうだ、暇があるなら軽く付き合わねえか」

佐吉は酒を飲む仕草をした。

「長居はできねえが、軽くやるか」

与茂七が応じると、近所に気の利いた安い居酒屋があると佐吉が言う。

二人は神田仲町一丁目にある小さな居酒屋に入って向かい合って座った。客が七、八人しか入れない小上がりだけの店で、六十近い主がひとりで料理を作って酒をつけ、そして運んでいた。

「ちょくちょくこっちに来るんだな」

佐吉は酒を飲みながら与茂七を見る。

「なんだか、ここんところこっちに用を言いつけられるんだ。いろいろあるさ」

与茂七はしらすと若布《わかめ》の和《あ》え物をつまむ。胡麻が振ってあってうまい。

「いろいろあるといやあ、若い頃はいろいろあったな。おれも散々遊んだが、おめえもあの頃は元気者だった」

「おまえには言われたくねえさ。だけどよ佐吉、あまりいい思い出じゃねえな。喧嘩、ひったくり、強請《ゆすり》……悪いこととわかっていながら、見境がなかった」

「そうだな。生き方変えなきゃならねえと思っていたけど、知恵がまわらなかった。親のやっていることが気に食わなかったから、根性がひん曲がったんだ。いま頃悪いことしたと思っても、その親もいねえ」

「おまえの親父は何をしていたんだ？」

与茂七は佐吉を見た。こんな話をするのは初めてだった。

「四谷大木戸《よつやおおきど》の水番人だった。おれはしょうもない仕事だと、親を馬鹿にしていたんだ。毎日、上水のごみ拾いをして、草刈りをする。水が澄んでなきゃ、上のほうに行ってどうしてそうなったか見廻る。ガキが水浴びすりゃ怒鳴って追い返し、やれ魚を獲《と》っちゃならねえ、釣っちゃならねえ、ごみを捨てるんじゃねえと言って見張る。給金なんかたかが知れている。人に嫌われ蔑《さげす》まれる。そんな親にえらそうなこと言われたくなかった」

「だから飛びだしたのか……」

「まあ、そんなとこだ。だけど、悪いことしたと思うよ。水は大事じゃねえか。たかが水だが、水がなきゃ生きちゃいけねえ。そうだろ。言ってみりゃ親父が守っていたのは命の水だ。それに水番人を差配するのが幕府ご普請奉行だというのを知った。ときどき普請方の同心や目付《めつけ》がやってきたりする。おれはあれこれ指図され、へいこらしている親父を見て情けなくなったが、それだけ水を守るのが大切なことだと知った。親父は御上の御用を請け負っていたんだ。そんなことを知ったのはずっとあとのことだ」

与茂七はしんみりした顔で話す佐吉を眺めた。

「おれは、おまえはいずれやくざか博奕打ちになると思っていたよ。ところがいまじゃ立派な指物師だ」

「立派じゃねえさ。親方に追いつくには、まだまだ腕をあげなきゃならねえ。仕事が面白くってよ」

佐吉は少し恥ずかしそうな笑みを浮かべた。酒のせいで、頬の古傷が赤くなっていた。

「よく改心できたな」

「与茂七、おめえだって改心したんじゃねえのか」

佐吉がまじまじと見てきた。与茂七はほんとうにこいつは変わったのだと思った。

「まあ、いつまでも与太《よた》っていられねえだろう。いつか自分を変えなきゃならねえと思っていたんだ。おまえもそうだったんだな。話を聞いて思ったよ」

「あの頃は、このままじゃ長生きできねえと思っていた。心を入れ替えなきゃ刺されて殺されるか、捕まって牢屋敷にしょっ引かれるか、そんなことしてたからな。女房だよ」

「女房……」

「いまの女房だ。おちよって言うんだ。あいつに会ってから諭されたんだ。このまじゃ、あんたはだめになる。手に職をつけるなり、奉公に出るなりしてくれ。そうでなきゃ、あんたにはついていけないと泣いて頼まれた」

「惚《ほ》れていたんだな」

「ああ、そうだな。あんとき、おれは目が覚めた気がする。そんなこと、おめえにはなかったか？」

与茂七はぐい呑みの酒をじっと眺めた。

「女房も可愛いが、ガキが可愛くてな。こいつのためにおれは恥ずかしくねえ親にならなきゃと、心の底から思っているよ。ほんとだぜ」

佐吉はそう言って少し目をうるませ、

「おれも親になったんだと思うと、もっと、しっかりしなきゃならねえと、つくづく思うんだ」

と、照れ隠しの笑みを浮かべ酒をあおった。そんな佐吉を与茂七はじっと眺め、こいつは根っからの悪じゃなかったのだと、あらためて気づかされた。

「佐吉、おれは嘘をついていた」

「へっ……どういうことだい？」

「おれは渡り中間だと言ったが、じつは御番所の与力の旦那の世話になってんだ」

「え、おめえが御番所の、与力……なんだ、そりゃ？」

佐吉は驚いたように目をみはった。

「話せば長いが、世話になってるのは沢村伝次郎という旦那だ。おかみさんもいい人でな。その旦那に会わなかったら、いまのおれはどうなっていたかわからねえ。おまえも変わったが、おれも変わったんだ。いまは旦那の助をしながら、罪人捜しだ」

「おめえが、罪人捜し……」

「旦那にはなんでも教わっている。剣術もそうだし、舟もそうだ」

「舟……なんで舟を……」

「旦那にもいろいろあって、猪牙舟を持っている。その舟の操り方を教わってもいる。もっとも、教わるのはそんなことばかりじゃねえ。旦那は口に出して言うことは少ねえが、おれはあの人を見習って生きている。口じゃなかなかうまく言えねえが、器の大きな人なんだ」

与茂七はああ言っちまったと、内心でつぶやき酒をあおった。

「それで、いま何をしてんだ。この辺に来るのもその旦那の助仕事か……」

与茂七は五年前に五軒の長屋を経営していた家主一家が殺され、金を盗まれたことを簡略に話した。佐吉は詳しくはないが、その事件なら耳にしていると言った。

「下手人はわかってんだ。この男だよ」

与茂七は懐から似面絵を出して、佐吉に見せた。

とたん、佐吉の目が大きく見開かれ、

「こ、こりゃ鉄蔵さんじゃねえか……」

と、つぶやいた。

「知ってるのか？」

## 七

伝次郎は川口町の自宅屋敷に戻ると、茶の間でちびちびと酒を飲んでいた。いつもいない千草がそばにいて、こまめにはたらくその姿を見ていると、店がなくなったのはある意味よかったのかもしれないと思った。

何より千草が近くにいるとほっと安心できる。酒の肴も手慣れたもので、さっさっと作ってくれる。

「与茂七と粂さん、遅いですわね」

千草が大根のぬか漬けを出しながら言う。

「そのうち戻ってくるだろう」

「日が落ちて暗くなっているんですよ」

千草は気になっているらしく、玄関のほうに目を向ける。

「此度《こたび》の詮議はちょいと難しいのだ。何しろ五年前に起きたことの調べ直しだからな。骨の折れる調べだが、あの二人もいつになく気を張っておる」

「煮物を少し多めに作っておこうかしら」

千草がそう言って背を向けたときに玄関が開き、粂吉の声がした。

「戻ってきたようだ。千草、座敷に移るので、飯はあとだ」

伝次郎は席を立ち、隣の座敷に行って粂吉を迎えた。

「与茂七はどうした？」

「両国で別れましたが、まだですか。すると例の似面絵を配っているんでしょう」

「さようか。それでどうであった？」

「おしげの行方はわかりません。相模屋の仲居をしているおりきというのが、おしげの幼馴染《おさななじ》みらしいんですが、ここしばらく会っていないし、どこで何をしているかもわからないと言います」

「ふむ。すると、おしげ捜しはつづけなければならぬな。それよりわかったことがある」

伝次郎はそう言って、その日、自分が調べたことを話した。

「やはり、旦那の推量があたっているようですね。与兵衛さん一家殺しは、三枝ひとりの仕業じゃなかったということでしょう」

「おそらくそうだ。そして、貞方が殺された賭場に三枝が出入りしていた。それだけではない。三枝は自分が追われていることを知っていたのだ」

「貞方の旦那を刺した杉蔵も知っていた。そして、貞方の旦那のことも……」

「そう考えるべきだろう。畢竟《ひっきょう》、三枝と杉蔵、そしてつるんでいた巳之吉も貞方のことを知っていたのだ」

「他に仲間はいないんでしょうか？」

「わからぬ。だが、三枝が杉蔵と巳之吉とつるんでいたのははっきりした。杉蔵はもういないが、三枝と巳之吉の行方だ」

「池之端《いけのはた》の水茶屋はもうやっていないんですね」

「なかった。その水茶屋は女にやらせていたようだが、その女のこともわからぬ」

「もしや、おしげでは……」

「おれもそう考えたが、はっきりせぬ。明日はもう一度池之端に行って近くの聞き込みだ」

「旦那、もし三枝とおしげが繋がっていれば、五年前の一件は前々から策を練っていたってことになりますね。そう考えてもいいはずです」

「たしかに……」

三枝甲右衛門が孫作店に入ったのは、与兵衛宅を襲う一年前だった。そして、おしげが与兵衛宅から暇を出されたのも一年前である。

三枝は与兵衛のことを深く探るために孫作店の住人になったのかもしれない。

「与兵衛宅から暇を出された使用人の徳助が言うには、おしげは与兵衛の部屋ばかりでなく女房の部屋にも倅や娘の部屋にも出入りしていた。ひょっとすると、与兵衛が貯め込んでいた金をどこに隠しているか、それを探っていたと考えることもできる」

「もしそうなら、おしげも三枝の一味だってことです」

「そうなる」

伝次郎がそう言ったときに、与茂七が息を切らしながら帰ってきた。

「遅かったな。まあ、そこへ座れ」

与茂七は汗をぬぐいながら息を整えて、

「旦那、三枝の居所がわかるかもしれません」

と、開口一番に言った。

「おれの昔の仲間がいるんです。いっしょに遊んでいた佐吉という男です。いまは真面目に指物師の仕事をして女房子供がいるんですが。三枝にいっとき顎で使われていたことがあり、三月ほど前に明神下でばったり会ったと言うんです」

「三月前……」

「三枝はあのあたりにいると考えていいんじゃないですか……」

伝次郎は視線を短く彷徨わせた。今日会った徳助は、二月前におしげに声をかけられたと言った。それも明神下だった。

「その佐吉という男と三枝はどういう関係だ？」

「佐吉は若い頃浅草界隈の与太公《よたこう》でした。おれも似たり寄ったりでしたが、危ないやつだったんで縁を切っていたんです。おれがやつと会わなくなったあとで、佐吉は三枝の使いっ走りをしていたんです。三枝のことは誰もが鉄蔵と呼んでいたと言います」

「その佐吉はいま三枝がどこにいるのか知っているのか？」

条吉だった。

「それはわからないです。ですが、佐吉は見当がつきそうだと言いました」

与茂七はそう言って真剣な目で伝次郎と条吉を交互に見る。

「たしかだな。佐吉に会えるか。これからというのではない。明日にでもということだ」

伝次郎は真剣な目つきで与茂七を見た。

「いつでも会えます」

「その佐吉は三枝と縁を切っているのか？」

条吉が問うた。

「もうずいぶん昔に切っています。三枝は怖ろしい浪人だと言いました。なんでも、てめえの気に入らないことをしたり、言ったりしたら、あっさり相手の指を切り落としたり、耳を削いだりするらしいんです。佐吉はそんなことを何度か見て怖ろしくなり、三枝から離れたんです」

「与茂七、その佐吉は三枝捜しを手伝ってくれそうか？」

伝次郎が聞いた。

「佐吉はどこまでできるかわからないが、力を貸すと言ってくれました」

「よし、明日にでも佐吉に会おう」

# 第五章　おりき

## 一

おりきは眠れない夜を過ごした。翌朝早く起きると、亭主のために朝餉を作り、

「あんた、飯の支度はできてるから食べていっておくれ。弁当も作ってあるから」

と、まだ寝ていた仙蔵《せんぞう》の肩を叩いた。

「なんで、こんな早くからどうした。まだ暗いじゃねえか」

仙蔵は目をこすりながらおりきを見て欠伸《あくび》をした。

「どうしてもおしげちゃんに会わなきゃならないんだよ。だから行ってくるよ」

おりきはそのまま長屋を出た。

まだ薄暗かった。東の空に赤みがあるくらいだ。

閑散としている両国東広小路を急ぎ足で抜け、両国橋をわたる。大川から立ち昇る川霧が、生き物のように風に揺れていた。

おりきは歩きながら昨日自分を訪ねてきた、町奉行所の二人の手先のことを思い出し、おしげのことを考えた。おしげは子供の頃から知恵の足りないことをする。その癖は大人になっても直っておらず、転々と奉公先を変えてきた。

それも、おりきに嘘をついて、枕芸者に落ちたこともあった。そのとき、おりきは真剣におしげに説教したが、その後も男を騙したり騙されたりしている。百姓の娘のわりには見栄《みば》えのいい女なので、それを鼻にかけて男を弄《もてあそ》ぶことに長《た》けてはいるが、自堕落《じだらく》な女の性《さが》を持っている。

おしげが訪ねてくるときは決まって、困ったことの相談や、うまくいっているときの自慢話だ。そんなとき、おりきは真面目顔で話を聞くが、いつもやんわりと言ってやる。

——あんたが何をしようがあんたの勝手だけど、道を踏み外しちゃだめだよ。もうあんたもいい年なんだからね。

そんなとき、おしげは殊勝《しゅしょう》な顔でうなずき、わかっているわと答えるのが常だ。

おりきは地味な男でもよいから、真面目にはたらく正直者といっしょになってほしいと思っている。それがおしげにとって一番の幸せだとわかっている。

しかし、おしげは貧しい小作人《こさくにん》の家に生まれたせいか、くだらない欲を持っている。

おりきはそんなことをあれこれ考えながらも、昨日の二人の話を聞いて以来、胸騒ぎが収まらない。あの二人が捜しているのは人殺しの浪人である。

もし、その浪人におしげが関わっていれば、とんでもないことだ。そうでないことを祈りながら、おりきは足を急がせる。

昨日の二人には、おしげに会ったのは一年前だと言ったが、それは嘘だった。一月ほど前におしげは訪ねてきた。そして、ちゃっかりした顔で、

——姉さん、あたしさ、囲い者になっちゃったよ。怒らないでおくれよ。これもあたしの生き方だと思うんだ。いい人だから、心配いらないよ。

おりきは、旦那はどこの誰だと聞いたが、おしげは教えてくれなかった。だが、おしげの住まいは聞いていた。

　両国西広小路を抜けたとき、東の空に日が上り、あたりがあかるくなった。それでも町屋はひっそりしている。野良犬がひょこひょこ路地を横切っていく。

　馬喰町《ばくろちょう》の御用屋敷裏、神田富松町《とみまつちょう》にある長屋に入った。二階建ての長屋である。情夫の旦那に借りてもらっている家である。ここに来るのは初めてだった。

　たしかここのはずだと思い、木戸口から路地に入った。すぐそばの木札に住人の名が書かれている。おしげの名があった。二つ目の右側の家だ。

「おしげ、おしげ……」

　おりきは声をひそめて、戸をたたいた。旦那がいるかもしれないという遠慮と、他の住人へ迷惑をかけてはならないという思いから気を遣った。奥の家から小さくぐずる赤子の声が聞こえてきた。

　もう一度戸をたたいて声をかけた。「だあれ」という眠そうな声が返ってきて、物音がした。息を殺して待っていると、がらりと戸が開けられ、化粧気のないおしげの顔があらわれた。乱れた寝間着を羽織っただけのしどけないなりだ。

「姉さん、どうしたの、こんな早くに……」

　おしげは寝たりない顔で小さく欠伸をして、入ってちょうだいと家のなかへ促した。

「邪魔じゃないだろうね」

おりきは家のなかを眺め、男がいないことをたしかめて言った。

「平気よ。今日はあたしひとりだから。でも、よくわかったわね」

「あんたが教えてくれたじゃない。見当つけて来たのよ」

「何かあったの？　姉さんの旦那に何かされたの？」

「そんなんじゃないわ」

おしげは茶を淹れると言ったが、おりきはすぐに断って言葉をついだ。

「あんた、三枝甲右衛門という浪人を知っているかい？　鉄蔵と呼ばれているらしいけど……」

おりきはじっとおしげを見つめた。おしげは少し驚き顔をした。

「どうしてそんなことを……」

おりきは昨日町奉行所の手先が二人来て、どんな話をしたかを急いで話した。その間、おしげは視線を彷徨わせていた。

「鉄蔵さんなら知っているけど、もう昔のことよ」

おしげは視線を外して、やっぱり茶を淹れると言った。その後ろ姿におりきはたたみかけた。

「あんた、ほんとうに関わっていないんだね。鉄蔵という浪人は人殺しの盗人《ぬすっと》だよ。まさか、この家を借りてくれているのが鉄蔵っていう人じゃないだろうね」

「違うわよ。あたしは知らないわよ」

おしげは少し声を荒らげ、振り返った。

「なによ。朝っぱらから、わけのわからないことを……あたしは知らないわよ。知らないと言ったら知らないよ」

おしげはむきになった顔でおりきを見て、また視線を外して台所に立った。おりきは嘘だと思った。

「昨日の二人はあんたが、その鉄蔵という罪人と話していたことがあると言ったわ。もうずいぶん前のことらしいけど」

「あの人はあたしが世話になっていた大家の店子だったのよ。ただ、それだけよ」

「関わりはないのね。もし、関わっているなら手を切るんだよ。怖ろしい人じゃないか」

「姉さん、説教しに来たの？　あたしは知らないと言ってるでしょ」

おしげはにらむように見てくる。

「……そう。そうならいいの。わたしが気をまわしすぎたのね。でもね、おしげちゃん、あんたの世話をしてくれている旦那がどんな人か知らないけど、人はよく見て付き合わなきゃ、とんでもない火傷《やけど》を負うってこと忘れないでおくれ」

「姉さん、もうあたしは子供じゃないんだから。説教臭いことはやめて」

おりきはおしげをじっと眺めた。何を言っても無駄だと思った。気をまわす自分が馬鹿なのだ。

「そうね。あんたはもう立派な大人だものね。朝っぱらから騒がせてごめんね」

と、あやまって長屋を出てあかるくなった空を仰ぎ見、

（そうよ、あんたはもう子供じゃない）

と、胸のうちでつぶやき、深いため息をついた。

二

「何だ、こんな早くに……」

巳之吉は戸口を開けるなりいやな顔をした。おしげは素速く家のなかに目を向け、足許の三和土《たたき》を見た。女はいないようだ。

「急ぎの話があるのよ。お邪魔していいかしら」

「いいもくそもねえだろう。いったいなんだ？」

巳之吉はぼりぼりと脇の下をかきながら、あがれとおしげを居間に促した。

「町方《まちかた》が人相書を作って鉄さんを捜してんのよ」

おしげは居間にあがるなり言った。巳之吉はつかみ取った煙管を途中で止めて、まじまじとおしげを眺めた。

「どういうことだ？」

「さっき、あたしが姉さんと慕っているおりきさんがやってきたのよ。そして、昨日そのおりきさんを町方の折助《おりすけ》が訪ねてきて、あたしのことをあれこれ聞いて、鉄さんを捜しているって。姉さんはあたしが鉄さんと関係があるなら、手を切れと言ってきたのよ」

「折助ってぇのはどんな野郎だ。名前を聞いたか？」

折助というのは、中間や小者の異称である。

「それは聞かなかったわ」

「折助を使ってんのは誰だ？」

「南町の与力らしいわ。姉さんはそう聞いたって」

「与力が……」

巳之吉は煙管をくるくるまわしながら宙の一点を凝視した。

「もうほとぼりは冷めた、心配はいらないって巳之さんは言ったじゃない。でも、そうじゃない。鉄さんを捜してる与力がいるんだよ」

「おい、嘘じゃねえだろうな」

巳之吉はぞくっとするような切れ長の目を向けてくる。

「あたしが嘘言ってどうすんのよ」

「こりゃ、ちょいと面倒だな」

巳之吉は手にしている煙管で膝小僧をぽんぽんたたきながら考えた。おしげは、この家に女がいないことに少し安堵《あんど》しながらも先のことを考えていた。巳之吉がいっしょに逃げようと言うならついて行くつもりだ。そうでなきゃ、勝手に逃げようかと心のなかで迷っていた。しかし、そうなると金がいる。逃げるにしてもどこに逃げたらいいかわからないし、頼る者がいない。

「どうするのさ……」

思案している巳之吉の膝に手を置いて聞いた。

「おしげ、そのおめえの姉さんを訪ねてきた二人の野郎の名前を聞き出せねえか。そして、その二人を使っている与力の名前を知りてえが、どうにかならねえか……」

おしげは少し考えた。忠告に来たおりきに会えば、わかるかもしれない。どうやって話をすれば聞き出せるか考える。

だけど、深く考えることはないと思った。邪険に応じたので、おりきは少し怒っているかもしれない。そのことをあやまりに行って話を聞きだせばいいと。

「それじゃ聞いておくわ。で、わかったらどうすればいいの？　ここに来るの？

それともあたしの家に巳之さんが来てくれる?」

巳之吉は少し考えてから答えた。

「昼過ぎにでもおめえんちに行くことにする」

「わかったわ」

三

「三月前に三枝に会ったらしいが、そのとき話はしたか?」

伝次郎は佐吉の仕事場に来ているのだった。

「短い立ち話をしましたが、何をやってるんだって聞かれたんで、真面目に指物仕事をやっていると言ったら、そりゃいいことだと言われました」

佐吉は少し緊張気味の顔で答える。

「三枝のことを聞かなかったか?」

「いえ、それは聞きませんでした。何だか羽振りよさそうでした。昔より、角《かど》が取れたような気がしました。昔はおっかなくて下手に口を利けませんでしたから

「……」

佐吉はそう答えて与茂七を見る。伝次郎はかまわずに問いを重ねる。

「羽振りよさそうに見えたというのは、どういうふうだったのだ？」

「渋い紬の着物に同じ紬の羽織をつけていたんです。昔は安っぽい着物しか着てなかったんで、そう思いました」

「そのとき連れはいなかっただろうか？」

佐吉は少し考えてから、いなかったと思うと答えた。

「三枝には巳之吉と杉蔵という連れがいたようだが、そやつらのことは知らぬか？」

「いや、その名前は初めて聞きます」

「それじゃ、おしげという女はどうだ？」

これにも佐吉は首をひねってわからないと答える。

「ですが、鉄蔵さんは明神下の近所に住んでいるはずです。ひょっとすると、この近くにいるかもしれません」

「おまえが三枝と付き合っている頃、三枝に女はいなかっただろうか？」

「それはわかりません。あっしがあの人に会うのはいつも表でしたから。でも、女のひとりぐらいいたかもしれません。わかりませんが……」

伝次郎は佐吉の作業場に目を這わせた。箱物を拵えている途中らしく、板や角材が壁に立てかけられたり、板の間に置かれたりしている。鑿《のみ》や鉋《かんな》、鋸などの道具があり、壺に刷毛《はけ》が突っ込んであった。

「佐吉、与茂七に力になれるかもしれないと言ったらしいが、それはどういうことだ？」

「鉄蔵さんに使われていた野郎がいるんです。そいつらに会えば何かわかるかもしれないと思うんです」

「会えるか……」

「昔の仲間のつてを頼っていけばわかるかもしれません」

佐吉はまた与茂七を見て言った。

「仕事の邪魔をして悪いが、もし力になってくれるならそのことを調べてくれないか。ひとりじゃ心細いだろうから与茂七といっしょに……」

伝次郎がそう言って与茂七を見ると、承知したという顔でうなずいた。

「仕事を休むことになるが、いいのか？」

与茂七は佐吉に気を遣った。

「親方は話がわかる人なんで、心配はいらないよ」

「それじゃ、これから頼めるか」

「親方に話してくる」

佐吉はそう言って、隣の家で仕事をしている与五郎という親方に話しにいった。

「旦那、三枝はこの近所にいるんじゃないでしょうか。あっしはだんだんそんな気がしてきました」

条吉が伝次郎を見て言った。

「三枝は三月前に明神下で佐吉に会っているし、半年前にも両国にあらわれています」

「うむ」

伝次郎はその朝剃ったばかりの顎を撫でた。

与兵衛一家を襲った三枝は、江戸に戻ってきていると考えていいかもしれない。

そのことも考えなければならないが、この調べは五年前の事件に端を発している。

三枝が孫作店に住んだのは、事件の一年前だ。丁度、その頃、与兵衛宅に女中として雇われていたおしげが暇を出されている。そして、そのおしげは事件の二、三月前に、三枝と立ち話をしていた。

偶然とは思えない。おしげは与兵衛宅を調べるために、与兵衛に雇ってもらったのかもしれない。そう考えるのがもっとも辻褄《つじつま》が合う。

しかし、事件におしげが絡んでいたという証拠はいまのところない。

「巳之吉って男は二年前に江戸に戻ってきたって話でしたね。三枝もいっしょに江戸に戻ってきたと考えていいんじゃないですか。巳之吉は三枝の連れだったんですから……」

与茂七がそう言ったとき、佐吉が戻ってきた。

「親方がいまは急ぎの仕事がないから、かまわないと言ってくれました」

「無理な頼みをしてすまぬな」

伝次郎は佐吉に礼を言いながら、心付けをわたした。

「何かと物入りになるはずだ」

佐吉が戸惑い顔をすると、与茂七が遠慮はいらねえさと言った。

「それじゃ与茂七、佐吉と動いてくれるか？」

「はい」

「おれと粂吉は巳之吉って野郎がやっていたという水茶屋のことを調べる。まあ、すぐにわかりはしないだろうから、何かわかったら今夜にでも教えてくれ」

伝次郎はそう言うと、粂吉を促して表に出た。

「上野ですか」

粂吉が聞いてくる。

「巳之吉がやっていた水茶屋を探す。そこから尻尾をつかまえられればよいが……」

「池之端ということでしたね」

「そう聞いたが、池之端に巳之吉がやっていたような茶屋はなかった。ひょっとすると隣町かもしれぬ。いずれにせよ不忍池の近くのはずだ。おまえと与茂七が会った相模屋のおりきという女だが、どういう女だ？」

伝次郎は歩きながら聞く。

「おしげとは幼馴染みのようです。亭主は左官で、倅は薬種問屋に奉公に出ているということで、身持ちの堅い真面目そうな女です」

「相模屋では仲居頭をやっているのだな」

「さようです」

「おしげを庇ったりはしておらぬだろうか？」

「そんな素振りはなかったですが……」

「ふむ」

「おしげの人相書を作りますか？」

「いや、おしげは罪人ではない。だが、おれもそのおりきという女から話を聞いてみたいものだ」

伝次郎はそのまま歩きつづけた。空は曇りはじめていた。

四

「あら、おしげ。どうしたの……」

おりきは家の戸口に立った人の気配に気づいて振り返った。おしげは殊勝《しゅしょう》な顔

でぺこりと頭を下げ、

「今朝は姉さんに変な言い方して悪いと思ったの。ごめんなさい。姉さんが心配してくれているのに、あたしは……」

と、声をつまらせた。

「なんだ。そんなことでわざわざ来てくれたの。お入りなさいな」

おしげは申しわけなさそうな顔で敷居をまたいだ。

「出かけるところだったの？」

おりきは真新しい紺木綿に太織縞《ふとりじま》の帯を締めていた。

「店に出る前に、旦那さんの家に呼ばれているの。遠慮しないでおあがりよ」

「姉さん、ほんとうにごめんなさいね」

おしげはもう一度あやまった。

「気にしないでいいわよ。あんな早くに行ったわたしも悪いと思っているんだから。さ、おあがりなさい」

そう言われたが、おしげは居間の上がり口に腰掛けた。

「あたし、ほんとうに鉄蔵さんには関わっていないんだから。どこで何をしているかも知らないのよ」

「そう、そうならいいわ。ただ、店に来た二人の御用聞きがあんまりあんたのことをしつこく聞くから気になったのよ。何もなければそれでいいじゃない」

「でも、どうしてその二人はあたしのことを……」

「それはわたしにもわからないわ」

「ひょっとしてその御用聞きって、あたしの知っている人かしら。何という人だった？　名前は聞いていない？」

「ひとりは与茂七っていう人だった。二十七、八に見えたわ。もうひとりは四十は過ぎてる感じの条吉といったかしら。聞き覚えのある人？」

おりきは怪訝《けげん》そうな顔をした。

「いや、知らないわ。知ってる人が何人かいるから、ひょっとしてと思ったのよ。でも、その二人は誰に使われているんだろう」

「南町の沢村という与力みたいなことを言っていたわ」

おしげは、南町の沢村、と胸のうちで復唱した。

「その沢村という与力が、鉄蔵さんを捜してるのね」

「そうみたい。話を聞いてひどい悪党だと思ったわ。あんたと関わりがないのなら、わたしはそれでいいの」

おりきはふっと口許をゆるめて微笑んだ。

「あたし、悪い人は嫌いだから」

「そうね。あんたもいろいろあったからね。それで、聞いていい？」

「なに？」

「あんたの世話をしている旦那ってどんな人？」

「どんなって……いい人よ。米や油や砂糖の仲買をやっているの。いつも忙しくて飛びまわっているわ」

まったくの嘘であったが、巳之吉にはそうでも言っておけと指図されていた。

「手広くやっている人なのね。でも、お妾さんも長くつづけばいいけど……」

「大事にしてもらっているから」

「そう……」

おりきは何か言いたそうだったが、言葉を呑んだのがわかった。

「姉さん、出かけるところだったわね。あんまり邪魔しちゃ悪いわ。今度ゆっくり遊びに来ていいかしら」

「もちろんよ。いつでもいらっしゃいな。うちの人もときどきあんたのことを気にしているから」

「それじゃそうするわ。今朝は姉さん、ほんとにごめんなさい」

おしげは立ちあがって頭を下げた。

「いいのよ。あんたがちゃんとしているなら、わたしはそれでいいんだから。気をつけてお帰り」

おしげはもう一度頭を下げておりきの家を出た。空を見ると雨が降りそうな雲行きになっていた。

(巳之さんに知らせなきゃ……)

おしげは長屋を出るなり早足になった。


その頃、伝次郎と粂吉は三枝の仲間だった巳之吉の行方を捜すために、不忍池に面した町屋に聞き込みをかけていた。

元貫太郎一家の子分で、いまは生駒の安五郎の子分になっている伊太郎は、巳之吉が池之端仲町あたりで、女に水茶屋をやらせていると言った。

しかし、伝次郎の調べでは同町にそんな店はなかったので、上野元黒門町《もとくろもんちょう》から下谷茅町《かやちょう》に聞き込みをかけたが、巳之吉という名前に覚えのある店はなかった。

「旦那、ありませんよ」

あらかたの茶屋をあたったあとで、粂吉が顔を向けてきた。

「伊太郎の聞き違いか、あるいは巳之吉がいい加減なことを口にしただけかもしれぬ」

「そうなら探しようがありませんね」

「少し休むか」

伝次郎はそう言って先ほど訪ねたばかりの茶屋に行き、床几《しょうぎ》に腰を下ろした。

蓮《はす》の浮かぶ不忍池は、どんより曇った空を映し取っていた。

「二年前、貞方の旦那が殺されたことですが……」

茶を運んできた店の女が下がったところで、粂吉が声を抑えて言った。

「もし、あのときの賭場に三枝がいたとしたら、杉蔵は三枝を庇ったことになります」

「うむ」

「それに、杉蔵は貞方の旦那が三枝を追っていることを知っていたってことになりませんか」

伝次郎はそう言う粂吉を見た。

「そうかもしれぬ。うむ、たしかにそれは考えられることだ」

伝次郎は池のなかにある島を見た。その島には弁財天を祀《まつ》る弁天堂がある。

「三枝は自分が追われていることを当然知っていただろうが、誰がおのれの詮議をしているか、それを調べていたということか……」

「考えられることです。追われる者は、自分を追う者を知っているほうが逃げやすいでしょうし、知っていれば先に手を打つこともできます」

「たしかに……」

伝次郎はゆっくり茶に口をつけた。

「ならば、どうやって三枝はそのことを調べたのだろうか？　たまたま知ったというわけでもなさそうだな」

そう言った伝次郎の頭に浮かんだ男がいた。神田仲町の岡っ引き文七だ。

文七は与兵衛宅に最初に乗り込んで調べをした男だ。そして、貞方栄之進の助をしていた。文七が三枝と繫がりがなくとも、文七の子分はどうであろうか……。

「条吉、文七に会う」

伝次郎はそう言って立ちあがった。

「巳之吉の茶屋のことはどうします？」

「疎《おろそ》かにはできぬからもう少しあたってくれぬか」

「承知しました」

「わかったら、夜にでもおれの家に来てくれ」

伝次郎はそのまま歩き去った。

五

与茂七は佐吉といっしょに、以前三枝が顎で使っていた男を捜すために、浅草寺境内の奥山《おくやま》を徘徊《はいかい》していた。

奥山には芝居小屋や屋台店があり、手妻師《てづまし》や講釈師などが客を集めていた。その他に楊弓場《ようきゆうば》もあれば、からくり人形を見せる店などもあり、人がぞろぞろと歩きまわっている。

当然、そんな盛り場には油断も隙もない男や女がいる。掏摸《すり》や地廻りの類《たぐ》いだ。与茂七も佐吉も若い頃は、このあたりで遊んでは、喧嘩を売ったり女をひやかしたりしていた。

「いないか……」

楊枝店のそばに立つ与茂七は佐吉に問うた。

「いねえな。もう六、七年はたつからな……」

「おれとおまえがまっとうになったように、そいつらもいまは真面目にはたらいているのかもしれねえな」

「まあ、そういうやつもいるだろうが、若い頃の癖が抜けねえやつもいるはずだ」

二人は雑踏のなかを歩く粋がった男や、見るからに堅気ではないといった男たちに目を注いでいた。

まわりでは呼び込みの声や、太鼓の音、そしてわけのわからない笑い声などが交《こう》錯《さく》していた。

「馬道《うまみち》のほうに行ってみよう。誰かに会うかもしれねえから」

佐吉がそう言うので、与茂七は言葉に従う。

境内を横切り随身門を出ると、そこは馬道である。

「この辺に知り合いはいねえのか？」

与茂七は歩きながら佐吉に問う。

「昔はいたが、いまはどうかな。とにかく歩いてみようじゃねえか」

「すまねえな。こんなことに付き合わせて……」

「与茂七、おめえらしくねえな。おれも少しは役に立ちてぇんだ。鉄蔵さんはろくでもねえ浪人だと思っていたが、やっぱりとんでもねえことをしでかしたもんだ。あんな男は世間にのさばらしちゃならねえ。会えば、ビビっちまうかもしれねえが……」

佐吉は苦笑を浮かべる。

二人は馬道をのろのろと歩き、浅草田町《たまち》に入り、そして吉原につづく日本堤《にほんづつみ》の手前まで行き、来た道を引き返した。

「会わねえな」

「佐吉、歩きまわっているより、どっかに腰を据えて見張ったらどうだ。腹も減ってきたし」

「そうするか」

二人は馬道に戻ると、一軒のそば屋を見つけ、そこに入った。医王院《いおういん》という寺の門前町にある小さなそば屋だった。表が見える窓際に向かい合って座り、そばを手繰った。

「それにしても、おめえが町方の旦那の手先仕事をしていたとはな」

佐吉はずるずるとそばを手繰って与茂七を見る。

「まあ、あの旦那に会わなきゃどうなっていたかわからねえが……」

与茂七も応じながらそばをすする。

「人ってぇのは出会った人で変わるんだろうな。それが男か女かわからねえが……」

「そうかもしれねえな」

「それに、男も女で変わるだろうし、女も男次第で変わると思うんだ。与茂七、好きな女はいないのか？」

「好きな女……」

与茂七はぼんやり格子窓の外を眺めながら考えた。惚れた女はいたが、ここしばらく縁がない。それも伝次郎の家に居候になってからは、女との縁がないことに気づいた。

忙しいこともあるが、暇なときは猪牙舟に乗ったり、伝次郎から剣術の稽古をつけてもらっているせいもある。

「いないな」

「そうか。そろそろ身を固める年だろう。考えてみたらどうだ。女房を持てば、もっとしっかりしなきゃならねえと思うんだ。子供ができるとなおさらだ」

「そういうもんか」

「そういうもんだよ」

それからしばらくしてそば屋を出たが、佐吉の昔の仲間を見つけることはできなかった。気がついたときにはもう日が落ちかかっていた。

「与茂七、急いで帰らなきゃならないのか？」

「なんでだ？」

「よかったらおれの家に寄っていかねえか。おまえのことを女房に話してあるんだ。一度連れて来なと言ってくれてるし」

与茂七は少し迷ってから、

「迷惑じゃねえか」

と聞いた。

「迷惑なもんか。まあ、狭くて小さな家だが遠慮はいらねえさ」

「なら、少し寄らせてもらおうか」

与茂七は佐吉がどんな女房をもらったのか気になっていた。

夕暮れの道を歩きながらも、佐吉は昔の仲間に会わないかと、熱心にあたりにいる人を見ていた。しかし、その日は誰も見つけることはできなかった。

六

おちよという佐吉の女房は、真っ白い乳房をさらけ出して赤ん坊に乳を飲ませているところだった。

「すみません。少し待ってください」

佐吉に紹介された与茂七におちよはあやまって、赤ん坊に乳を与えた。佐吉は乳首を含み、喉を鳴らしながら乳を飲む赤ん坊に顔を近づけ、

「長吉、おとっつぁんだよ。いい子にしていたか。今日は早く帰ってきてやったぜ」

と、声をかけながらふっくらしている頰をやわらかく指でつつく。

長吉は乳首から口を離し、嬉しそうに笑った。

「おお、わかったか。もう乳はいいのかい？」

長吉をあやす佐吉はさも嬉しそうである。

「あんた、ちょっと預かって」

おちよが長吉を佐吉にわたして、ゆっくりしていけるのですかと、与茂七に聞いた。

「あんまり長居できませんが……」

「おちよ、茶なんてしみったれたもん出すんじゃねえぜ。酒でいい。それも冷やで十分だ。それとも与茂七、つけたほうがいいか？」

佐吉は長吉をあやしながら聞いてくる。

「いや、冷やでいいよ。おちよさん、どうぞお気遣いなく」

「いいえ、うちは何もないんですよ。でも、ゆっくりしていってください」

佐吉があがれあがれと言うので、与茂七は遠慮なく居間にあがって胡坐《あぐら》をかいた。

狭い長屋の家だが、そこには親子三人のぬくもりが感じられた。

おちよはこまめに動き、酒を出して、あり合わせですがと断り、ぬか漬けの盛り合わせを肴にと出してくれた。

「昔はずいぶんこの人と遊んでたんですってね」

おちよがそばに座って、にこやかな顔を向けてくる。美人とは言えないが、愛《あい》嬌《きょう》があって人好きのする顔だった。

「悪いことを聞いてんじゃないでしょうね。まあ、あんまり褒められたことはしてなかったけど……」

与茂七は自嘲《じちょう》の笑みを浮かべて酒を嘗《な》める。

長吉は乳を飲んで満足したのか、うとうとと佐吉の膝の上で眠ってしまった。

「おちよ、眠っちまったからそっちに寝かせてくれ」

長吉を受け取ったおちよは、そばにある夜具に寝かせて掻《か》い巻《ま》きを掛けてやった。

「与茂七さんは、御番所のえらい旦那さんの仕事のお手伝いをされていると聞きましたが、大変なんでしょう」

おちよが聞いてくる。

「大変と言えば大変だけど、頼り甲斐のある旦那がいっしょなんでそうでもないです。まあ迷惑かけねえようにやっているってとこです」

「えらいですね。そんな人とこの人が知り合いだったなんて。困ったことがあったら相談してもいいかしら」

「役に立てればいいですが……」

与茂七は面《おも》はゆさを隠すように酒に口をつける。

「こいつの旦那って人に今日会ったけど、やっぱ御番所の与力になると違うな。貫禄があるっていうか、逞《たくま》しいっていうか、そりゃあ立派な人だったよ。与茂七が頼るだけのことはある人だ。いなせで品もあるし、そして渋い男っぷりなんだ」

佐吉は伝次郎をべた褒めする。

「あら、そんな人なら、わたしもお目にかかりたいわ」

台所に戻ったおちよが振り返って微笑む。

「おめえが近づけるような人じゃねえさ。それより、何か他に肴はねえのか。ぬか漬けだけじゃ貧乏くせえだろ」

「うるさいわね、いまやっているとこじゃない」

おちよはそう言うが、決して怒っているのではなかった。佐吉も心得顔で受け流す。まさに仲睦《なかむつ》まじい夫婦なのだ。

「いやいやおちよさん、おかまいなく。おれはこれを飲んだら帰りますんで」

与茂七が遠慮すると、

「せっかくいらしたのに、こんな粗末なものじゃ申しわけありません。少しお待ちください。いま煮物を作りますから」

と、おちよは火をつけた竈《かまど》に鍋をのせる。

「ま、そう慌てて帰ることはねえだろう。さ、もう一杯」

佐吉が酌をしてくれる。酒に目がない与茂七は遠慮ができない。

しばらく昔話に花を咲かせて、笑ったり懐かしんだりした。おちよは菜《な》の花《はな》の煮浸《びた》しや、ひじきと豆の煮物、浅蜊《あさり》の酒蒸しをあっという間に作ってくれた。

結局、与茂七は佐吉と五合ほど飲み、ほろ酔いになったところで腰をあげた。
「与茂七さん、また遊びに来てくださいね」
おちよがにこやかな顔で見送ってくれる。
「すっかりご馳走《ちそう》になりました。佐吉、明日の朝、またおまえの仕事場に行くから
よろしく頼む」
「ああ、待っているよ。気をつけて帰るんだぜ」
仲のよい二人に見送られて帰る与茂七は、夫婦というのはいいなと思った。それ
にしても佐吉にはもったいない女房だと思いもする。あかるくて気さくで嫌味のな
い女だ。
(佐吉、いい女房をもらってよかったな)
他人事《ひとごと》ながら与茂七は嬉しかった。

七

朝から雨が降っていた。

縁台のそばに置かれた鉢植えの桃の花もしっとり濡れて萎《しお》れたように垂れている。

伝次郎は神田仲町の岡っ引き文七を待っているのだった。そこは薪炭屋《しんたんや》の軒下で、雨を避《よ》けることができた。庇《ひさし》からこぼれ落ちる雨が、地面を穿《うが》っている。

昨日は文七に会うことはできなかった。文七が南町奉行所の同心、加納半兵衛の調べを手伝っているせいだ。

今朝は会えると思ったが、すでに文七は出かけたあとだった。だが、じきに戻ってくると女房に言われた。伝次郎は無闇《むやみ》に動きまわるより帰りを待ったほうがよいと判断して、雨宿りの恰好《かっこう》で床几に掛けているのだった。

目の前の通りを傘を差した町の者たちが行き交っているが、その数は多くない。

三枝を追っていた貞方栄之進が、随身門の貫太郎の賭場で刺されたのは、刺した杉蔵が貞方のことを知っていたからだ。

なぜ、杉蔵は貞方を刺したか？　もはや深く考えるまでもない。杉蔵は与兵衛宅を襲った三枝を下手人として追っている貞方のことを三枝から聞いて知っていたからだ。それ以外に考えられない。

つまり、杉蔵は三枝と同様に、自分も追われているという身の危険を感じていた。

賭場に乗り込んできた貞方栄之進を見るなり、逃げ場がないという焦りとおのれの身を守るためには、貞方を襲うしかなかったのだ。

あくまでも推量の域ではあるが、

(そう考えてよいはずだ)

伝次郎は雨を降らす暗い空を見て、肚裡《とり》でつぶやく。

また、こうも考えられる。与兵衛宅を襲ったのは三枝ひとりではなかった。杉蔵もいたはずだと。ひとりで一家五人を殺し、金を盗んで逃げるのは至難《しなん》の業《わざ》だ。つまり、与兵衛宅を襲ったのは少なくとも二人。三人だったとすれば、三枝の連れだという巳之吉が加わっていたと考えるべきだ。

伝次郎は思案をめぐらしながら、通りの左右を眺める。雨の勢いは衰えていない。菜種梅雨《なたねづゆ》かと、また空を仰ぎ見、視線を神田川のほうに向けたとき、傘を差して歩いてくる文七の姿があった。

近くまで来て、「旦那」と、伝次郎に気づいてそばにやって来た。

「おぬしを待っていたのだ」

「すいません。昨日も見えたと聞きましたが、遅くなっちまいまして……。それで何かご用で……」

文七は庇の下に入り、傘を畳んだ。

「五年前の一件だ。おぬしは与兵衛宅の異変を聞いて、真っ先に調べに行ったのだったな」

「さようです」

「その後、貞方の調べの助をしたと思うが、おぬしの子分もその詮議には加わっていたか？」

「なにせ、一家五人が殺されたことですから助をさせました」

「そのときの子分はいまも使っているか？」

「どういうことでしょう……」

「おれは与兵衛宅を襲ったのは三枝ひとりではなかったと考えている。おそらく、貞方を刺した杉蔵もいたと思うのだ」

伝次郎は自分の推量を話した。

「つまり、杉蔵は自分たちを追っている貞方を知っていた。その貞方が突然、賭場に乗り込んできたので杉蔵は大いに慌てた。捕まってはことなので、狼狽《うろた》えた杉蔵は無謀にも貞方を刺してしまった」

「…………」

「そう考えれば、杉蔵は自分たちを追っていた貞方を知っていたことになる。三枝も然《しか》りだ。おそらく、おぬしのこともやつらは調べていただろう。だとするならば、どうやって三枝たちは貞方のことを知ったか？　まさか、おぬしがやつらと繋がっていたとは思えぬ。そのことをあれこれ考えると、おぬしの使っていた下っ引きはどうだろうかと思ったのだ」

「あっしの子分が……」

文七は目をしばたたく。

「やつらは悪賢い外道《げどう》だ。おのれの身を守るために、自分たちを詮議している貞方のことを調べたと考えられる。つまり、貞方以下の追っ手のことを調べるためには、貞方の探索の助をしていた者に近づいたと考えることができる」

「あっしの子分に三枝らが近づいて、貞方の旦那のことを聞きだしたとおっしゃるんで……」

「さようなことがなかったとは言えぬ。五年前貞方の調べの助をした子分はいまも使っているか？」

「あのときは研助《けんすけ》と正次郎《しょうじろう》を使っていました。正次郎はいまはいませんが……」

「研助はいまも使っているのだな。どこにいる？」

「やつなら佐久間町の車力屋《しゃりきや》です。『丹波屋《たんば》』って店ですが……」

「正次郎には会えるか？」

「やつは紙売りです。今日は雨なんで家にいるはずです」

「家は……」

「相生町《あいおいちょう》の金助《かねすけ》長屋です。会いに行かれますか？」

「加納の助仕事はいいのか？」

「これから行かなきゃなりませんが、正次郎の家は近くです」

伝次郎はすぐに案内に立たせた。

「正次郎はなぜおまえの下っ引きをやめた」

「もう自分にはできねえと言いやがるんで、それきりです。ですが、ときどき遊びには来ます」

伝次郎は研助にも加納半兵衛の助仕事をさせているのかと聞いた。文七はさせていると答えた。力のある岡っ引きは、下っ引きと呼ばれる子分を持っているのが常だ。だが、その子分の面倒を同心が見ることはない。

面倒を見るのはあくまでも岡っ引きである。町の者に親分と呼ばれる岡っ引きには、付け届けがあり、町で起きる些細《ささい》な揉め事を片づければ口銭《こうせん》（手数料）も入る。同心からの給金もあるが、女房に商売をさせている者もいるので、相応の収入があった。

正次郎はあいにくの天気なので家でくつろいでいた。文七が伝次郎を紹介すると、かたい顔で畏《かしこ》まり座り直した。三十半ばの痩せた男だった。

「聞きたいのは五年前のことだ。おまえは与兵衛一家が襲われたあと、文七の助をしていたな。そう聞いている」

正次郎は文七を見て伝次郎に顔を戻し、やっていたと答えた。

「あのとき下手人は三枝甲右衛門だというのがわかっていた。その三枝がおまえに近づいたとは思えぬが、誰かに貞方のことを聞かれたことはないか？」

伝次郎は正次郎を凝視する。正次郎は頰をさすりながら短く考えた。それからごくりと喉仏を動かして生つばを吞んだ。

「あります。あっしは何の気なしに答えたことがありまして、ぽろっと貞方の旦那のことを漏らしました」

伝次郎は眉を動かした。

「あとで言っちゃならないことだと気づきましたが、酒を馳走になって口が滑ってしまい」

正次郎は申しわけなさそうに頭をかく。

「その相手は知り合いか？」

「いいえ、飲み屋でたまたまそばにいた客でした。世間話のついでに与兵衛さん一家のことが話に出て、どこの誰が調べているんだろうと言うんで、何の気なしに教えちまったんです。まあ、調べに障ることじゃないと思いまして……」

「そやつがどこの誰かわかるか？」

正次郎はわからない、顔も覚えていないと言った。

伝次郎は内心で舌打ちしたが、やはり自分の勘はあたっていたという確信を得た。

「旦那、あっしのほうの調べが早く終われば、助をします。遠慮なくお指図してください」

長屋の表に出ると、文七が顔を向けてきた。

「そのときは頼む」

そう答えた伝次郎は顔を引き締めて、雨のなかに足を踏み出した。

# 第六章　湯屋の客

一

雨は三日目にやんだ。

爽やかな風が流れ、空は真っ青に晴れわたり、鳥たちも天気のよさに気をよくしているらしく楽しげにさえずっていた。

しかし、伝次郎の探索は停滞していた。推量は大まかにあたっているようだが、肝腎《かんじん》の三枝の行方をつかむことができない。

与茂七は佐吉の助を頼んでいたが、昔の仲間に会うことはできずにいたし、佐吉も長くは休めないので仕事に戻っていた。粂吉も不忍池界隈の茶屋をあたっていたが、巳之吉がやっていたという店は見つかっていなかった。

三枝の似面絵を自身番に配ってはいるが、その自身番からの沙汰もない。

「湯屋……」

その朝、ぽつりとつぶやいた与茂七は粂吉に顔を向けた。伝次郎も与茂七を見た。

「どういうことだい?」

粂吉が聞く。伝次郎の家の座敷だった。

「いろいろ考えたんです。三枝は大蛇の彫り物をしているんでしたね。右の肩から脇腹をつたい腰のあたりまで大蛇がのたくっている。そんな男が湯屋に行けば目立ちます。そうじゃないですか……」

与茂七は目を輝かせて伝次郎と粂吉を見た。

伝次郎もそのことには思い至っていなかったので、与茂七の弁に感心した。

「そうか湯屋か。たしかに与茂七の言うとおりだ」

伝次郎は目を光らせた。与茂七はつづける。

「鉄蔵と呼ばれる三枝は、半年前に両国で見られています。そして三月ほど前に明神下で、佐吉は三枝に会っています。もし、三枝が江戸にいれば、その近所の湯屋に通っていてもふしぎはないはずです」

「おまえの言うとおりだ。与茂七、いいことに気づいた。よし、おまえは湯屋をあたれ。似面絵を配った番屋まわりは粂吉、おぬしに頼む」

「旦那は？」

与茂七が顔を向けてくる。伝次郎は今日も聞き込みを二人に指図していたが、予定変更である。

「おれも湯屋をあたることにする。粂吉、おぬしも番屋まわりが終わったらやってくれ」

伝次郎はどこの湯屋をまわるか、そのことを与茂七と粂吉と相談した。

明神下界隈を伝次郎。両国界隈を与茂七。そして、上野に近い町屋にある湯屋を粂吉がまわることにした。

三人が千草に送り出されて川口町の屋敷を出たのはすぐだ。与茂七が猪牙舟を使うかと聞いてきたが、伝次郎は歩いたほうが早いと言って、通旅籠町《とおりはたごちょう》で与茂七と別れ、粂吉とそのまま神田をめざした。

途中で、粂吉は何軒かの自身番に立ち寄った。三枝の似面絵を預けたところである。

伝次郎はその聞き込みを粂吉にまかせ、柳原《やなぎわら》通りに出るとそのまま神田佐久間町に足を運んだ。

歩きながら千草のことを考えた。店を失って気丈に振る舞っていたが、内心の落胆はわかっていた。しかし、ようやくそのことから立ち直ったようだ。

昨夜も今朝も千草は以前の明るさを取り戻し、こまめに伝次郎と与茂七の世話をしながらも口数が増えていた。

いつも千草には心配をかけるが、伝次郎の役目については肚を括《くく》って心得ているので余計なことは言わない。しかし、その日の仕事を終えて家に帰ったとき、千草は安堵の表情を隠さずに迎えてくれる。

(千草、すまぬな)

伝次郎は胸のうちでつぶやき足を進める。

その日、神田佐久間町から明神下にある湯屋をまわったが、大蛇の彫り物をしている客を見たと言う湯屋の者はいなかった。

与茂七も然りである。粂吉も湯屋まわりをしたが、結果は同じだった。

翌日も湯屋まわりをつづけたが、やはり三枝と思われる彫り物をした客は見られていなかった。

自分たちがまわっている湯屋が見当外れなのかもしれないし、三枝が湯屋を使わずに内風呂を使っているとすれば、この探索は無駄に終わる。

つぎの日は少し範囲を広げてみたがやはり同じだった。ただ、粂吉がひょんなことから巳之吉という男がやっていたという水茶屋を見つけた。

「やっぱりありました。それも池之端仲町でした」

伝次郎はその報告に目をみはった。

「いまは八百屋になっているんで、つい見過ごしてしまったんです。一年ばかり前まで、その八百屋は巳之吉という男が借りて茶屋をやっていたんです。女まかせで、巳之吉が店に出ることはほとんどなかったそうで……」

「その女は何と言うやつだ？」

伝次郎はおしげかもしれないと思った。

「おくみという女です。年は三十ぐらいらしいですが、すらっと背が高く、瓜実顔《うりざね》の色気のある女で、いっとき近所では評判だったと言います」

「そのおくみと借り主の巳之吉の行方は……」

条吉は小さくかぶりを振って答えた。

「調べたんですが、まったくわからないんです。大家に届けたときの人別帳は嘘で、店を畳むときも挨拶なしで、一月分の家賃を払わずに行方をくらましたということで……」

「その店に三枝が出入りしていたようなことは……」

「それも聞いたんですが、客のほとんどはおくみという女目当てで、男の客には目もくれていなかったようです」

「すると巳之吉とおくみという女の行方もわからないってことか……」

伝次郎は口を引き結ぶ。

そんな話をしているときに、与茂七が戻ってきた。急いで帰ってきたらしく、息をはずませていた。

「旦那、佐吉が昔の仲間に会ったそうです」

座敷にあがってくるなり、与茂七はそう言った。

「その男は半月前に三枝に会っています」

「なに」

「場所は浅草広小路です。佐吉が言うには、そのとき三枝は神田に住んでいると言ったそうです」

「神田……神田のどこだ？」

「細かいことはわかりませんが、話しぶりから柳原《やなぎわら》土手に近いところのようだと……」

「その男は何者だ？」

「浅草広小路の駕籠屋に勤めている甚吉《じんきち》という駕籠舁きです」

伝次郎は日の落ちかかっている表を見た。

「与茂七、明日、その甚吉に会って詳しいことを聞いてこい」

二

その男は注文をしに来たようではなかった。

仕事場に入ってくるなり、あんたが佐吉さんかいと、聞いてきた。

佐吉は檜《ひのき》材を使って火鉢の外箱を作っていた手を止めて男を見た。

「さいですが……」

「若いのに腕がいいそうだね。そういう評判を聞いたんだ。それで一度どんなものかと思い立ち寄らせてもらっただけだがね。ああ、仕事をつづけてください」

男は上がり口に腰を下ろして、しばらく佐吉の手許を眺め、それから部屋のなかに視線を這わせた。

「材料は檜と杉と松か……」

と、わけ知り顔でつぶやく。

「注文なら隣の親方のとこでお願いします。あっしは親方の下請けなんで、じかに仕事を受けちゃならねえことになってんです」

「ほう、そうでしたか。それはそれは存じませんで」

男は四十過ぎの男で商家の番頭風情《ふぜい》だが、その口ぶりや所作に横柄《おうへい》さが感じられた。それに脂下《やにさ》がった笑みを浮かべて、探るような目を向けてくる。

「もう長いんですか？　この仕事のことですが……」

「長いか短いかわかりませんが、親方に仕込まれて六年ほどでしょうか」

佐吉は作業の手を止めた。

「ご用はなんでしょう？」

「あんたの腕を見に来たと言ったでしょう」

男は片頬に笑みを浮かべて答える。いやな目つきだった。

「仕事は見せもんじゃありませんよ」

「まあ、そうでしょう。で、あんた通いなんだね。ここに住み込んでいると思ったが、ここじゃ寝起きはできないね。どこから通っていなさる」

「湯島ですが……」

面倒だから素直に答えた。

「独り者ですか？　それとも所帯を……」

「なんで、そんなことを聞くんです？」

「ちょいと知りたくなっただけですよ。気に障ったらごめんなさいな」

「すいませんが、どこのお方ですか？」

「わたしは国造《くにぞう》というもんです。ちょいと洒落《しゃれ》た文机を作ってもらいたいんですけどね。腕のいい職人がいないかとこの近所で聞いたら、あんたのことを教えてもらったんです」

「腕ならおれより親方のほうがずっと上ですよ」

「親方のことも聞きましたが、あんたの評判がいいんですよ。まあ、わかりました。一度親方と相談してみましょう」

国造という男は邪魔をしましたと言って立ちあがったが、

「湯島から通ってらっしゃるようだが、何丁目ですか。わたしもあっちのほうに住んでいるんです」

と、座っている佐吉を見てくる。

「五丁目です」

「なら近所ですな。いやいやお邪魔しました」

国造はそのまま出て行った。

「なんだ、あの野郎……」

佐吉は開け放している戸口を見て毒づき、土瓶の水を飲み、もう一度表を見た。

三

その日、伝次郎は朝から湯屋まわりをしていた。前日までは神田川の北側の町屋を中心にまわっていたが、昨日、与茂七から聞いたことを踏まえ、神田川の南側を走る柳原土手に近い町屋をめぐっていた。

与茂七の友達の佐吉は、甚吉という昔の仲間に会い、半月前に三枝に会ったという話を聞いている。しかも三枝の住まいが柳原土手に近いところではないかと、甚吉は話している。話に曖昧さはあるが、たしかめておく必要があった。

しかし、あて外れなのかどこの湯屋にも三枝らしき男が来た形跡はなかった。

伝次郎は骨の折れる仕事だとあらためて思い、小さな吐息をつきながら暮れかかった空を眺め、与茂七や粂吉のほうはどうであろうかと気になった。

二人が吉報を届けてくれることを願いながら家路につくことにした。

お玉《たま》ヶ池《がいけ》の町屋を抜け、神田堀に架かる待合橋《まちあい》をわたった頃、雲の間をすり抜けてきた夕日の帯が、すうっと翳《かげ》った。そこは牢屋敷前で、囚人たちに差入れをする店が並んでいるが、もう表戸を閉めていた。

小伝馬町《こでんまちょう》から大伝馬町《おおてんまちょう》に入ったとき、伝次郎は背後に人の気配を感じた。家路を急ぐ職人や買い物に出かける町屋のおかみたちもいれば、武士の姿もある。たまたま自分の後ろを歩いているだけだろうと思ったが、そうではなかった。

伝次郎は五感を研ぎすまして、背後に神経を配った。

(なにやつだ……)

尾《つ》けられているとはっきりわかった。正体をたしかめるためには、無闇に振り返らないほうがよい。足取りを変えずにそのまま歩いて様子を見るが、尾行者の目を背中に強く感じる。

逢魔時《おうまがとき》で、すれ違う人の顔は近くにならないとよく見えない。尾行者は一定の距離を保っている。相手をたしかめるために、伝次郎は堀留町《ほりどめちょう》に入ると、人通りの少ない杉森《すぎのもり》新道に入った。

狭い道であるし、左手には杉森稲荷社の杉林や銀杏《いちょう》の木があり一層その通りを暗くしている。尾行者が角を曲がってその通りに入ったのがわかった。

伝次郎はわざと歩速をゆるめた。と、そのときだった。尾行者が足を速めて接近してきた。五間《けん》、三間、二間……。

「何者ッ」

伝次郎は刀の柄《つか》に手を添えたまま振り返った。

刹那《せつな》、尾行者が黒い影となって襲いかかってきた。大上段に白刃を閃《ひらめ》かせている。

伝次郎は体をひねって右に跳びながら刀を抜き、振り返りざまに相手の撃ち込んできた一撃を撥《は》ねあげた。

「おッ」

相手は着流し姿だが、頭巾を被っていた。

伝次郎は正眼《せいがん》に構えて正対し、じりじりと間合いを詰める。相手は細身の体だ。顔は頭巾で見えないが、薄暗闇のなかで双眸《そうぼう》を光らせている。

「何故の所業《しょぎょう》」

伝次郎は静かに問いながら間合いを詰める。相手は無言だ。だが、殺意を横溢《おういつ》させ、地を蹴って跳ぶように斬り込んできた。

ガチッ。刃と刃がぶつかり火花が散った。

伝次郎は相手を強く押しながら、跳びさって刀を構え直した。と、相手はすすっと後退すると、くるっと背を向けて脱兎《だっと》の如く逃げ去った。

伝次郎は追わなかった。追っても追いつけないとわかったからだ。刀を下げたまま、男の逃げた方角をにらみ、乱れている息を整えて刀を鞘《さや》に納めた。

その頃、佐吉は家に戻ったばかりだった。

おちよはぐずるように泣いている長吉をあやしているところだった。

「急に泣き出したのよ」

おちよが困った顔を向けてきた。佐吉は水甕の水を飲んでから、

「代わってやるよ」

と言って、長吉を抱きかかえた。

「おお、よしよし、どうした？　腹が減ってんのか。何が言いたいんだ。長吉、泣くんじゃない。おまえは男なんだからな。おお、よしよし」

宥《なだ》めると長吉は泣き止んで、じっと佐吉の顔を見て、少し微笑んだ。機嫌が直ったようだ。

「乳は飲ませたばかりなのに。急に泣くんだもの。赤ん坊はしゃべれないから、気持ちを読むのが難しいわ。いま、飯の支度をするから待っていて……」

おちよは前垂れをつけて台所に立った。

家のなかは行灯《あんどん》のあかりだけなので薄暗い。煙出《けむだ》し窓の外も暗くなっていた。

「今日、変なおやじが仕事場に来てな。おれをひやかすようなことを言いやがるんだ。腕がいいと聞いたんで見に来たって……。何だか人を小馬鹿にしたような言い草でよ」

「それでどうしたの？」

おちよが振り返った。

「どこから通っているんだと、妙なことを聞きやがるから、注文なら親方に相談してくれって追い返したよ。胸くその悪いおやじだった」

「その人、ここにも来たかも……」

佐吉はえっとなって、おちよを見た。

「ここは佐吉さんのお宅ですかと聞かれたんで、そうですすと答えると、わかりましたと言って、そのまま帰っていったの。変でしょう」

「どんなおやじだった？」

「年は四十ぐらいだったかしら、どこかのお店《たな》の番頭さんみたいだったわ」

「それじゃ、同じ男かもしれねえ。国造とおれに言ったが……」

「名前は聞かなかったけど、そのまま帰ったから。でも、なんだったんだろう」

おちよは小首をかしげてまた背を向けた。

「変なやつがいるからな。今度来たらどこの誰かしっかり聞いておくんだ。おお長吉、どうしたどうした、ほらほらあっかんべえー……」

佐吉があやすと、長吉は嬉しそうに声をあげて笑った。

四

自宅に帰った伝次郎は、茶の間で与茂七と粂吉を待ちながら、ちびちびと酒を飲んでいた。夕餉《ゆうげ》の支度をする千草は、その日買い物に行って八百屋のおかみとあんな話をしたこんな話をしたと楽しげに語る。

「そろそろ桜の季節だから、いっしょに花見に行きませんかと、あのおかみさん、誘うんです」

「気に入られたみたいだな」

「とにかく楽しい人なのよ。商売柄かしら、がらがら声で遠慮のないことをおっしゃるけど、ちっとも嫌味がないの。ああいう人って得するんだなと思いましたわ」

千草はすっかり気持ちを切り替えたようだ。

「生意気なこと言っても嫌味のない者はたしかにいるな。そうか、もう桜か……」

「あのおかみさん、まだ梅見の季節なのに気が早いんですよ」

千草は鍋の煮物の様子を見ながらくすりと笑う。そのとき、玄関の開く音がして、粂吉の声が聞こえてきた。

「あら、粂さんのお帰りですね」

「千草、座敷に移る」

伝次郎はそのまま座敷に行って、粂吉を待った。

「どうであった？　おれのほうは埒《らち》が明かなかったが……」

伝次郎は粂吉がそばに座るなり聞いた。何者かに尾けられ、闇討ちをかけられたことは口にしないことにした。

「あっしも散々湯屋をあたってきましたが、彫り物をした湯屋客はいても、三枝らしき男の出入りはないようです。ひょっとすると、まったく違うところに住んでいるのかもしれません。明日は別の町屋へ行って聞き調べようと思います」

「うむ。ご苦労だが、そうするしかないだろう」

「それで、池之端仲町の茶屋のことですが、やっぱり借主だった巳之吉の行方はわかりません。雇われおかみのおくみという女のことも、さっぱりです。どういたしましょう？」

聞かれた伝次郎は宙の一点を凝視して短く考えた。

「そっちはあきらめるか。だが、三枝は半月ほど前に駕籠舁きの甚吉に会っている。三枝が江戸にいるのは間違いないだろうが、何か企《たくら》んでいるのかもしれぬ」

「企み……」

「わからんが、そんな気がするのだ。もっともほとぼりが冷めたと思って、のんきに暮らしているのかもしれぬが……」

「五年前に与兵衛さん一家を襲い、二年前に江戸に戻ってきている様子ですからね」

「おまえはおしげの幼馴染みの女に会ったな」

「おりきという女です」

「そのおりきとおしげは、いまでも付き合いがあるのだろうか？」

「おりきは、ここしばらくは会っていないと言いましたが……」

「二人は同じ須崎村の出だったな。年も同じぐらいか」

「さようですが、何か引っかかりますか？」

「うむ。そのおりきが三枝と繋がっているとは思えぬが、おしげは三枝となんらかの関係があるはずだ。三枝は与兵衛宅を襲う前におしげに会っている。それも親しそうに話していたということだったな」

「たしかに……」

「明日にでもおりきに会ってみよう。店は尾上町の相模屋という料理屋だと聞いているが、家は近くか？」

「松坂町《まつざかちょう》一丁目の長屋です。長屋の名前は忘れましたが……」

「相模屋で聞けばわかるだろう」

伝次郎がそう答えたとき、与茂七が戻ってきた。

「駕籠舁きの甚吉に会って、似面絵を配った番屋をまわってきましたが、番屋のほうにあたりはないようです」

与茂七は腰を下ろすなり言った。

「甚吉のほうはどうだった？」

「やつはたしかに半月前に三枝に会っています。たまたまだったらしいですが、三枝は昔に比べると羽振りがよさそうに見えたそうです。どこで何をしているか、そのことはわからないそうですが、いま大きな仕事の支度をしているようなことを話し、おまえがその気なら面倒を見てもいいと言われたそうで……」

「大きな仕事の支度……」

伝次郎は眉宇をひそめた。

「ええ、そう言ったそうです。甚吉は面倒を見てもいいと言われてもごめんだと思ったらしいです。まあ、いまもそうかもしれませんが、昔の三枝は怖い男だったらしく二度と付き合いたくないと、甚吉は言います。おそらく三枝にいいように使われていたんでしょう」

「その甚吉は、三枝は柳原土手に近いところに住んでいるようなことを聞いたのではなかったか？」

条吉だった。

「おれもそのことを聞いたんですが、甚吉はそんなふうな話をしたと言うだけで、たしかな居所はわからないと言いました」

「甚吉は三枝と他の話はしておらぬか？」

伝次郎が聞いた。

「あとは世間話程度だったと言います。それに、三枝が与兵衛さん宅を襲ったことを甚吉は知らなかったらしく、驚いていました」

「三枝には杉蔵と巳之吉という仲間がいたが、そのことは聞いたか？」

「二人のことは知っていました。ですが、あまり付き合いがなかったらしく、よくは知らないと言うだけです。巳之吉は三枝と同じ浪人崩れだとは言ってましたが……」

伝次郎はその日、自分を尾行して襲ってきた男のことを脳裏に浮かべ、もしやあやつは巳之吉だったのか、あるいは三枝だったのかと考えた。もし、そうなら三枝は自分たちのことを知っていることになる。

(どういうことだ……)

伝次郎は胸のうちでつぶやく。

「それで旦那や粂さんのほうはどうだったんです?」

与茂七の問いには粂吉がざっと話をして答えた。

「それで、明日も同じ探索ですか?」

話を聞いた与茂七は伝次郎に顔を向けた。

「いまのところ三枝がどこにいるかわからぬが、とにかく湯屋の聞き込みはつづけてもらう。あやつが江戸にいるのはたしかだろう。甚吉に大きな仕事の支度をしていると言ったのだったな」

「甚吉はそう聞いたそうです」

「旦那、ひょっとすると三枝はまたどこか金のありそうな家を狙ってるんじゃないでしょうか。盗人は一度味をしめたらなかなかやめられないと言います。江戸に戻ってきたのは金が底をついたか、新たな企てを立てているからかもしれません」

粂吉が言うように、伝次郎も同じことを考えていた。

「そうかもしれぬ。とにかく、明日も聞き込みだ」

# 五

翌日、伝次郎は何かあったら湯島一丁目の自身番で待つように言いつけ、亀島橋で粂吉と与茂七と別れ、猪牙舟に乗り込んだ。天気はよいが風の強い日だった。いつも穏やかな亀島川の水面はさざ波のしわをたたんでいた。

大川に出ると、さらに風の影響を受けるので、猪牙舟での川上りはきついものになった。川を上る舟は数えるほどしかない。それも急な坂道を喘《あえ》ぎ喘ぎ上る牛のようなのろさだ。

伝次郎は風を嫌って大川を横切り、小名木川《おなぎがわ》に入った。おりきの住む本所松坂町へは大きく迂回《うかい》することになるが、急がばまわれでこちらのほうが風の抵抗が少ない分早いはずだった。

新高橋《しんたかばし》をくぐり、大横川に入って猪牙舟を進める。

考えることはいろいろある。まず、第一に三枝が江戸にいるということだ。それはこれまでの調べでほぼ間違いないだろう。そして、三枝は新たな奸計《かんけい》を立てているかもしれぬ。

かてて加えて気になるのが、昨日自分に闇討ちをかけてきた男のことだ。なんのためにあの男は自分を尾行し、斬りに来たのだ。男にはあきらかな殺意があった。もし、あの男が三枝の仲間、あるいは本人だったとすれば、自分たちの動きを知っていることになる。そのことをどうやって知ったのか疑問がある。

此度の探索を三枝が知るとは思えないのだ。棹《さお》を操りながら、伝次郎は川岸の町屋を眺める。風に吹き飛ばされる葦簀《よしず》があり、天水桶に積んであった手桶が転がっている。商家の暖簾はめくれあがり、歩く女は腰を曲げて頭に被った手拭いを押さえている。

（もしや……）

伝次郎の頭に浮かんだことがあった。かつて孫作店と呼ばれていた甚助店だ。自分たちは甚助店の住人に、何度も聞き込みをしている。与茂七も粂吉も。そのとき五年前の話もして、三枝のことを聞いている。あの長屋に三枝の仲間がいたら、こちらの動きを知られていることになる。

（まさか……）

伝次郎は眉宇をひそめ、右舷《うげん》に突き立てた棹を左舷にまわした。いまの考えはひとまず置いて、とにかくおりきに会うのが先だった。

竪川に入ると、気が急《せ》くように少し舟足を速め、相生町《あいおいちょう》河岸に猪牙舟を舫って本所松坂町に足を向けた。自身番に立ち寄り、相模屋に勤めているおりきという仲居の住まいを聞くとすぐにわかった。

おりきは家にいた。風が強いので腰高障子は閉められていたが、声をかけると軽い返事があってすぐに戸が開かれた。顔を見せた女は三十年増で太り肉《じし》だった。

「南町の沢村と申す。おりきだな」

「はい」

相手が町奉行所の役人だと知ったおりきは、少しかたい表情になった。

「先日、わたしの手先が訪ねてきたと思うが、少し聞きたいことがある。邪魔をしてよいか」

おりきは戸惑い顔をしながら、どうぞと家のなかに入れてくれた。

「手間は取らせぬ。気を遣うでない」

おりきが茶を淹れようとしたので、伝次郎は制止して言葉をついだ。

「ここに来た粂吉と与茂七の二人から話は聞いていると思うが、おしげというそなたの幼馴染みが長峰与兵衛という家持ちの家に奉公していたな」

「それは存じてます」

「その与兵衛の家がどうなったか聞いているな」

おりきは目をしばたたいて、

「災いがあったことは聞いています」

と、小さな声で答えた。

「あらためて言うが、与兵衛一家は三枝甲右衛門という男に襲われ、皆殺しにあい、有り金を盗まれている」

おりきは息を詰めた顔をしている。伝次郎はつづける。

「三枝甲右衛門は鉄蔵とも呼ばれている。じつは、その三枝とおしげが親しげに立ち話をしていたのがわかっている。それは与兵衛宅が襲われる前のことだ。そのことが気になっておってな。もしや、おしげは三枝の仲間だったのではないかという疑いがある」

「おしげに疑い……」

「そなたはおしげと同郷でもあるし、子供の頃からの付き合いだ。付き合いは絶えていないと思う。先に来たわたしの手先には、しばらく会っていないと言ったらしいが、いつ頃会った？」

おりきの目に動揺が走るのがわかった。伝次郎はたたみかけた。

「三枝という男は極悪人だ。罪もない一家五人を殺し、金を盗んで逃げている。正直に知っていることを話してくれぬか。もし、嘘をつけば、そなたも同罪となる」

「ま、まさか、そ、そんなことは……」

おりきは声をふるわせた。

「わたしはおしげに会って、じかに話を聞きたいだけだ。おしげがどこに住んでいるか知っているなら教えてもらいたい。三枝というのはこういう男だ」

伝次郎は懐から三枝の似面絵を出して、おりきの目の前にかざした。

「変な庇い立ては無用だ。おりき、知っているのだな」

おりきは怯《おび》えた猫のような顔でうなずいた。

「おしげはどこにいる？」

「おしげは鉄蔵さんは知っているけど、関わりはないと言っていました」

伝次郎はおりきを凝視する。

「それでいまは囲い者になっているんです」

「囲い者……」

「旦那は米や油や砂糖の仲買をやっている巳之さんという人だと聞きました」

「みのさん……」

「じつは粂吉さんと与茂七さんという方が見えたとき不安になって、そのあとでおしげに会いました。あの方たちには、おしげがいまどこで何をしているか知らないと、嘘をつきました。……申しわけありません」

おりきは体を小さくして頭を下げた。

「すると、おしげの居所を知っているのだな」

「御用屋敷そばの富松町です。加兵衛店《かへえだな》という長屋です」

「よく教えてくれた。それで、おしげにわたしの手先がそなたを訪ねてきたことを話したか？」

「話しました」

伝次郎はそうだったかと思った。おそらく自分たちの動きは、おしげの密告によって三枝らに知られているのだ。我知らず拳をにぎりしめた。

「もうひとつ聞くが、おしげは与兵衛宅が襲われる一年ほど前に暇を出されている。それからいままでどこで何をしていたか知っているか？」

「しばらくわたしが勤めている相模屋にいましたが、長くはいませんでした。そのあとは浅草や日本橋の料理屋を転々として女中をしていました。店をやめたり、新しい店に移ったりしたときには、必ずと言っていいほどわたしに会いに来ています」

するると三枝と行動を共にしていないということになる。三枝は与兵衛宅に押し入る前におしげに会っているが、それはどういうことだったのだ？　ただ単に立ち話をしていただけで、関わり合いはないのか。

「邪魔をした」

「あ、お待ちください。もし、おしげがその鉄蔵と呼ばれている人の知り合いだったらどうなるのです？」

「おしげから話を聞かなければ、そのあとのことはわからぬ」

伝次郎はそのまま、おりきの家を出た。

# 六

猪牙舟に戻った伝次郎は、棹をつかんだまま風の吹きわたる空を眺め、

（みのさん、みのさん……）

と、心のうちで復唱し、かっと目をみはった。

みのさんというのは、巳之吉のことではないか！　巳之吉は鉄蔵と呼ばれている三枝甲右衛門の仲間だ。

とにかくおしげに会うために猪牙舟を出した。一ツ目之橋《ひとつめのはし》を抜け両国橋をくぐり神田川に入ると、新シ橋《あたらしばし》の袂に猪牙舟を舫った。

端折《はしょ》っていた着物の裾《すそ》を元に戻し、襷《たすき》を外して懐に差し入れながら富松町に入った。囲い者になっているおしげは加兵衛店に住んでいる。

その長屋を探すのは造作なかった。二階建ての長屋で、おしげの家は木戸口を入って二つ目の右側だった。戸は閉まっている。

伝次郎は戸をたたき、屋内に物音がしないか耳をそばだてた。人の気配は感じら

れない。もう一度戸をたたき「おしげ殿、留守であるか」と、声をかけた。

返事はなかった。戸に手をかけると、するすると開いた。居間にも奥の台所にも奥座敷にも人はいない。二階に上がる梯子段を眺めるが、二階にも人の気配はなかった。

だが、屋内の様子を見るかぎり外出をしているだけのようだ。伝次郎は戸を閉めて、見張ることにした。一度長屋の表に出て、木戸口の見える茶屋に入った。

茶屋は風が強いので葦簀を片づけ、表の床几もしまわれていた。小女が運んできた茶に口をつけ、加兵衛店の木戸口に注意の目を注ぐ。

与茂七と粂吉を連れてこなかったのを悔やんだが、しかたない。

茶を二杯お代わりしたとき、風が少し弱くなった。それに合わせたように、目の前の通りを歩く人の数が増えてきた。

半刻《はんとき》(約一時間)ほどその茶屋で粘ったが、おしげの帰ってくる様子はない。伝次郎は場所を変えて見張りをつづける。

空を流れる雲の速さが鈍くなっており、風が収まりつつあった。さっきいた茶屋の前に床几が出された。

四つ（午前十時）の鐘が空をわたったとき、柳原通りのほうからひとりの女がやってきた。島田の髷《しまだまげ》に、黄八丈《きはちじよう》の袷《あわせ》に黒繻子《くろじゆす》の帯、素足に草履履《ぞうりば》きだ。年は三十を過ぎているだろうが、そこそこ見目《みめ》のいい女である。見ていると加兵衛店の路地に入った。

（おしげか……）

畳屋の軒下にいた伝次郎は急いで木戸口に近づいた。やはりそうだった。やってきた女は、木戸口から二つ目の右の家に入って戸を閉めた。

伝次郎はしばらく躊躇《ためら》った。このままおしげを訪ねるのは得策ではない。おしげが三枝と繋がっていれば、必ず往き合うはずだ。

伝次郎は再び見張ることにした。

湯屋の聞き込みをしている与茂七は、湯島三組町《みくみまち》から本郷新町屋《ほんごうしんまちや》の湯屋をまわっていたが、三枝と同じ彫り物をしている客を見たと言う者はいなかった。

湯屋は各町に一軒から二軒ある。江戸全体では六百軒はあるだろうか。まさかすべての湯屋を聞きまわるわけにはいかない。

三枝が見られたという場所の近くにあたりをつけるしかない。粂吉は浅草寺近辺の湯屋への聞き込みをしているが、どうだろうかと与茂七は気にする。

さっきまで強い風が吹いていたが、いま風は収まっていた。

本郷新町屋を抜けて、表通りに出て、さてどっちに行こうかと考えているとき、ふいに与茂七さんという声がかけられた。

振り返ると佐吉の女房おちよだった。愛嬌のある笑みを浮かべ、長吉を負ぶっていた。

「誰かと思ったらおちよさんか……」

「そこで何をしてらっしゃるの？」

おちよは背中の子をあやすように体をゆすりながら聞いてくる。

「聞き調べの最中なんだ。なかなか捗《はか》がいかなくてね」

「大変ですね」

「まあ、もう慣れっこだから。買い物かい？」

与茂七はおちよが持っている手提げ籠《かご》を見て聞いた。

「ええ、八百屋に行くところです」

「風が弱くなったからいいけど、気をつけて」

「与茂七さんも。それでは」

おちよはぺこりと頭を下げて、神田明神のほうに歩き去った。見送る与茂七は、
佐吉はいい女房をもらったと、あらためて思った。

それから湯島六丁目の湯屋を訪ねたが、結果は同じだった。本郷一丁目に入ると、
茶屋に立ち寄ってひと息入れながら、目の前を往き交う人をぼんやり眺めた。

自分の探索がうまくいかないので、伝次郎や粂吉のことが気になる。もう何かつかんでいるかもしれないと思いもする。

茶を飲むと、本郷竹町《たけちょう》に入って湯屋を訪ねた。一軒目はスカだった。しかし、二軒目の湯屋だった。

「大蛇の彫り物をした客はいますよ」

答えたのは番台に座る太ったおかみだった。与茂七は目を輝かせた。

「それは右の肩口から脇の下をつたって腰のあたりまで彫られた大蛇だね」

「そうです。日に二度ばかり来ることもありますよ。背の高い人でね。お侍ですよ。それがどうかしたんですか？」

与茂七は忙しく考えた。ここで三枝のことを口にすれば、おかみが口を滑らすかもしれない。

「これは大事なことだ。おれがその侍のことを聞きに来たというのは、内緒にしておいてくれ」

「はあ」

おかみはぽかんと口を開ける。とにかくいまのことはしばらく忘れてくれと言って、急いで心付けをわたした。

湯屋を出た与茂七の心の臓は高鳴っていた。やっと三枝のことがわかったのだ。三枝はこの近所にいる。そのはずだ。そうでなければならない。

伝次郎に教えなければならないが、その日は落ち合う時間も場所も決めていなかった。

だが、伝次郎がおりきに会いに行ったのはわかっている。それも猪牙舟を使っている。

すでにおりきへの聞き込みは終わり、おそらく伝次郎はこっちに来ているはずだ。

与茂七は騒ぐ胸の鼓動を抑えながら、急ぎ足で佐久間河岸のほうへ向かった。

七

与茂七は連絡場にしている湯島一丁目の自身番を訪ねたが、伝次郎も粂吉も今日はまだ来ていないと言われた。

自身番を出ると、神田川沿いの河岸道を歩いた。目を凝らすのは伝次郎の猪牙舟だ。伝次郎がおりきに会ったあと、こちらに来ていると見当をつけてのことだ。

三枝の居所に見当がついたことを早く知らせたかった。佐久間河岸には荷舟や猪牙舟がつけられている。川を上ってくる舟もあれば下ってくる舟もある。

舟の数は多いが、伝次郎の猪牙舟ならすぐに見分けられる。目を凝らして猪牙舟を眺めながら河岸道を歩く。客待ちをしている船頭が煙草を喫んでいれば、荷舟から積み荷を降ろしている男たちもいる。

「与茂七じゃねえか」

声をかけられたのは和泉《いずみ》橋のそばだった。声で佐吉とわかった。

「何してんだ？」

「旦那を捜してるんだ。見なかったか？」

与茂七は訊ねたが、佐吉はいや見ていないと答える。

「三枝の居所に見当がついたんだ」

「ほんとうかい……」

佐吉は驚いたように目をまるくした。

「おそらく本郷竹町あたりに住んでいるはずだ。三枝と同じ彫り物をしている侍が、湯屋に出入りしているのがわかった」

「それじゃ、おれの家のすぐ近くじゃねえか」

「そうだな。そういや、おちよさんに会ったよ。買い物に行くところだった」

「そうか。しかし、おれの家の近くに住んでいたとは驚きだ。気をつけなきゃならねえな」

佐吉はそう言ったあとで、妙な男が訪ねてきたと、不安そうな顔をした。

「妙な男……」

「おれの仕事場に来てひやかすようなことを言って帰っていったんだが、家に戻ると、同じ男が訪ねてきたらしいんだ。今朝、そのことを思い出して仕事に手がつかなくなっちまってな。何だか気味が悪いだろう」

「なんでおまえの仕事場に来て、おまえの家に行ったんだ？」

佐吉は国造という男のことを話した。

「まさか、鉄蔵さんの仲間じゃねえかと思って妙に気になるんだ。鉄蔵さんはおれがいまどんな仕事をしているか知っているからな」

「そりゃあやしいな。とにかくおれは旦那を捜さなきゃならねえんで……」

与茂七はその場で佐吉と別れると、また伝次郎の猪牙舟を探すために歩いた。見つけたのはそれからしばらくしてのことだった。新シ橋の袂につけてあったのだ。

与茂七はまわりに目を向けたが、伝次郎の姿はない。

「旦那、どこにいるんだよ」

与茂七はぼやくようにつぶやき、来た道を引き返し、伝次郎を捜すために佐久間町界隈の町屋に入った。

おしげが長屋を出たのは、八つ（午後二時）近い時分だった。伝次郎はやっと出てきたかと小さく嘆息して、おしげのあとを尾けた。

おしげは今朝と同じ身なりである。手に巾着を提《さ》げ、古着店の多い柳原通りを歩き、筋違橋をわたった。

伝次郎は適度な距離を保って尾けつづける。風はさらに弱まっており、しまわれていた茶屋の床几も店の前に出されていた。

おしげは昌平橋のそばまで来ると右に折れ、明神下の通りに入った。尾ける伝次郎は三枝の家に行くのではないかと推量するが、それはまだわからない。通りを往き交う人の数は朝より増えていた。

おしげは神田明神下同朋町の外れを左に折れた。町の北側は内藤豊後守《ないとうぶんごのかみ》の屋敷だ。おしげが訪ねたのは一軒の長屋だった。木戸口に入ったかと思ったらすぐに出てきた。伝次郎はとっさに背を向けて、道の端に身を寄せ、そっと背後を窺《うかが》った。

おしげは木戸口で女と話をしていた。相手の女は背中を向けているので顔はわからないが、おしげの表情は心なしかかたく、目をきつくしていた。どうも口論をしているようだ。

そこへ男が出てきて、宥《なだ》めすかすような手振りで二人をわけた。

（まさか、三枝……）

そう思ったが、顔つきが違った。三人の話し合いはしばらくつづいた。

と、伝次郎は男の姿を見てあることに気づいた。自分に闇討ちをかけた男。顔は見えなかったが、背恰好が似ている気がする。

その男はおしげの肩を押し、もうひとりの女に何かを言って顎をしゃくった。おしげでない女はそのまま木戸口から消えたが、おしげと男は口論をしている素振りである。何か揉めているようだ。

商家の物陰から様子を窺っている伝次郎は声を聞きたくて、少し近づくことにした。おしげは伝次郎のことは知らないはずだ。

「だから、あたしはどうすればいいって言うのよ」

おしげの声が聞こえてきた。

「こんなところでそんな話はできねえだろう。家に帰って待ってな。あとでゆっくり話してやるから。そんなむくれた顔なんかしねえで、家で待て」

男はそう言いながらおしげの肩をたたいた。

そのときだった。伝次郎の背後から「旦那」という与茂七の声が聞こえてきた。

振り返ると、与茂七が駆け足で近寄ってくる。伝次郎はおしげのほうに目を向けた。と、男と目があった。とたん、男は長屋の路地に消えた。

「旦那、わかりました」

「ちょっと待て。話はあとだ」

伝次郎はそう言って与茂七を表通りへ促した。

「どうしたんです？」

「おしげの家がわかった。それでここまで尾けてきたところだ。だが、どうも様子がおかしい。ひょっとすると、いまおしげが話していたのが巳之吉かもしれぬ」

「ほんとですか……」

伝次郎はさっきの通りをのぞき見た。おしげが戻ってくるところだった。

「それで、わかったというのはどういうことだ？」

「三枝の居所に見当がついたんです。本郷竹町の湯屋に出入りしているんです。やっとわかったんで、早く旦那に知らせようと思って捜してたんです」

「よくやった。それなら話は早い」

伝次郎がそう言ったとき、おしげが表通りに出てきた。機嫌の悪そうな顔をして口を引き結んでいた。

伝次郎はおしげを少し見送ったところで声をかけた。おしげが立ち止まって振り返る前に、伝次郎は近くに立った。

「南町の沢村という。話があるのでついてきてくれ」

おしげは無表情な顔を向けてきたが、その目には困惑と怯えが入り交じっていた。

八

湯島一丁目の自身番におしげを押し込んだ伝次郎は、早速訊問《じんもん》をはじめた。

さっきは誰に会いに行っていたのだ。相手の男は誰だ。おまえは鉄蔵と呼ばれている三枝甲右衛門を知っているな。

おしげはにぎり締めた拳を両膝に置いたままうつむき、何も答えなかった。

「強情を張るな。おまえのことは、おりきからあらかた聞いているのだ」

そう言ったとき、おしげははっとした顔をあげた。

「おまえは囲い者になっている。囲っている旦那をみのさんと呼んでいるらしいが、ひょっとして、そいつは巳之吉というのではないか」

おしげの目が泳いだ。

「さっき、おまえと話していたのが巳之吉か？　正直に言わなきゃ、大番屋《おおばんや》の牢に入ってもらうことになる。もしくは牢屋敷だ。ここで話すのが得か、牢屋に入るのが得か、考えればわかることだ」

おしげは口を引き結んでうつむき顔をあげて伝次郎を見、そしてまたうつむいた。

「おまえは家持ちの与兵衛宅に奉公していたな。その家がどうなったか知っているか？　もしこのままだんまりを決め込んだら、与兵衛一家を殺して金を盗んだ三枝甲右衛門の仲間と見做《みな》すことになる。三枝は鉄蔵と呼ばれている。そして、おまえも三枝のことを鉄蔵と呼んでいる。調べはついているのだ」

おしげはだんまりを決め込んではいるが、あきらかに迷っていた。

「強情を張れば損をする。さっき、おまえと話していたのが巳之吉か？」

おしげはこくりとうなずいた。

「巳之吉は三枝の仲間だな」

また、うなずいた。

「他にどんな仲間がいる？」

「それはわかりません。巳之さんしか知らないんです」

「それじゃ三枝のことはどうだ。やつはどこにいる？」

「それもわからないんです。巳之さんの家にときどき遊びに来てはいますが、ほんとうに知らないんです」

「本郷竹町じゃねえのか」

与茂七が言葉を挟んだ。おしげは与茂七を見て首をかしげ、ほんとうに知らないと答えた。

「三枝の仲間は知らないと言うが、それじゃ巳之吉の仲間はどうだ？　誰か知っているか？」

伝次郎は問いを重ねた。

「国造さんという人がいます」

「なに……」

驚きの声を発したのは、与茂七だった。伝次郎がどうしたと問えば、

「その国造という野郎が、昨日佐吉の仕事場と佐吉の家を訪ねてるんです。用件は

よくわからないが、佐吉は気味が悪いと言ってました」

「国造はどういう男だ？」

伝次郎はおしげに問いかける。

「よく知らないんですけど、いろんなことを知っている人です。御番所のことにも詳しいんです」

伝次郎は眉宇をひそめた。ひょっとすると、国造は嘗役《なめやく》かもしれない。

嘗役とは盗人たちの隠語で、押し込みやすそうな屋敷や商家を探して、その家の主人家族のことから奉公人の数や財産などを調べあげるだけでなく、盗人を捕縛する町奉行所や火付盗賊改方《ひつけとうぞくあらためかた》にも狡猾《こうかつ》に接近し、あらかたのことに精通している油断のならない人間だ。

「その国造はどこにいる？　三枝といっしょか？」

「それは知りません。ときどき巳之さんの家に鉄蔵さんと来たりしますけど……」

「おまえはさっき長屋で女と話をしていたな。あれは誰だ？」

「巳之さんの女ですよ。女房気取りのいけ好かない女です。あたしゃ巳之さんの天秤にかけられ、いいように遊ばれていたんです。だから、さっき文句言いに行ったんです」

おしげがそう言ったとき、粂吉が自身番に入って来た。

与茂七が急いで、これがおしげで三枝の居所が大まかにわかったと粂吉に教えた。

「それで旦那、どうするんです？」

話を聞いた粂吉が伝次郎に顔を向けた。伝次郎は詰めている書役と番太たちをひと眺めして、

「この女を留め置いてくれ。あとで引き取りに来る。与茂七、縄を」

与茂七が居間に上がり込んで、さっとおしげの両腕をつかんで背後にまわした。

「なにすんだよ！　あたしゃ話したじゃないのさ！」

おしげは喚《わめ》いて抵抗したが無駄なことだった。

自身番におしげを留め置いた伝次郎は、粂吉と与茂七を連れて、まずは巳之吉の家に向かった。歩きながら昨夜、闇討ちをかけられた話をした。

「もし、おれに闇討ちをかけてきた者が巳之吉なら油断がならぬ。気をつけるのだ」

「そんなことがあったなんて……。旦那は昨日、そんな話しなかったじゃないです

か」

与茂七が口をとがらせた。

「言うことではないと思ったからだ。それより、巳之吉がいたらそのまま押さえる。心してかかるぞ」

伝次郎は最前おしげが訪ねていた長屋に入った。巳之吉の家を住人に訊ねると、すぐにわかった。

戸口はきっちり閉まっていた。戸をたたいても声をかけても返事はない。

「あの、ついさっき慌てたように出かけて行きましたよ」

巳之吉の家を教えてくれたおかみが遠慮がちに声をかけてきた。

「旦那、きっと三枝の家ですよ」

与茂七が言う前に、伝次郎は長屋の表に向かっていた。

九

巳之吉とおくみが狼狽《うろた》え顔でやってきたのは、鉄蔵こと三枝甲右衛門が国造と、札差《ふださし》・太田屋《おおた》伊兵衛《いへえ》方の家の間取図を前に、相談をしているところだった。

「鉄さん、大変です。沢村という町方がおれの家を探りあてやがりました」

巳之吉は這うようにして座敷にあがってきた。

「どういうことだ？」

「おそらく、おしげを尾けてきたんじゃねえかと。他に考えようがねえんで……」

巳之吉は首筋の汗をぬぐいながら、水をくれとおくみに言いつけた。

「まさか、ここには来るめえ」

三枝は顎をさすり、それから膝前の図面を丁寧に畳んだ。

「鉄さん、油断ならねえですぜ。巳之さん、尾けられちゃいねえでしょうね」

国造が巳之吉に聞いた。

「その心配はねえはずだ。尾けられた様子はなかった。そうだな、おくみ」

おくみは巳之吉に水を汲んだ湯呑みをわたしながら、誰にも尾けられていなかったと言った。

「沢村って町方はどうした？」

三枝は巳之吉を見つめる。

「わからねえ。おしげを捕まえてあれこれ聞いてるかもしれねえが……」

三枝は煙管をつかんで考えた。この家をおしげは知らない。沢村がおしげを訊問しても、この家を知られることはない。

「鉄さん、どうします。沢村やその手先にこの辺をうろつかれちゃ面倒ですぜ。鉄さんの似面絵付きの人相書が手配りされてんです。巳之さんの家まで見つけられちゃ、いずれここも……」

国造はいつになくかたい表情を向けてくる。ふてぶてしい態度をとるくせに気が小さく用心深い男だ。だから長年嘗役として小金を稼いでこられたのだろうが、此度は仲間に入れてひとはたらきしてもらうことにしている。

「この家が見つかると懸念《けねん》するか……」

「鉄さん、町方を嘗めちゃいけません。それに沢村という与力は、ただ者じゃねえんです。昔は定町廻りでならした男です」

「杉蔵が殺した貞方とは違うと言うか……」

「町方としての能はその辺の同心より一枚も二枚も上のはずです。一度御番所を追われたあとで、また戻ってきたのは、それだけ町奉行の信があるからです。用心のためにここを移るか、押し込みを早めるか……」

「鉄さん、国造の言うとおりだ。まさかおれの塒《ねぐら》を探りあてられるとは思ってもいなかったんだ。こうなったら明日だ明後日《あさって》だと日延べしてる暇はねえんじゃねえか。今夜にでもやって、さっさと江戸を離れちまうべきじゃねえか」

巳之吉が言い募る。

「今夜か……」

三枝は日を受ける障子を見て考え、国造に顔を戻した。

「今夜やるとしたら、手はずを整えなきゃならねえが……」

「明日の朝、新河岸《しんがし》に向かう船なら心配はいらねえです。今夜、泊まる宿を手配しておけばことは足りるでしょう」

国造は少し焦り顔になって言う。計画は三日後だった。その日、押し込む予定の太田屋の主・伊兵衛は向島《むこうじま》に囲っている女の家に行くことがわかっている。

その夜、太田屋に残るのは女房と倅、そして住み込みの奉公人二人だけだ。金の在処《ありか》は国造の調べでわかっている。

金を盗んだら、翌朝、花川戸《はなかわど》から出る船で川越《かわごえ》の新河岸に向かう。早船なら新河岸まで一昼夜もかからない。

（どうするか……）

三枝は唇を指でなぞりながら考える。

「鉄さん、のんびりしてる場合じゃねえぜ。江戸に戻ってきてこれまで散々調べてきたじゃねえか。押し込む店も決めたし、逃げ道だってたしかめてんだ」

巳之吉が真剣な目を向けてくる。

「町方にうろつかれちゃ後手《ごて》を取ることになりはしねえか。おれの塒だって見つけられたんだ」

「巳之吉、それはおめえがおしげにちょっかいを出したせいじゃねえか。あんなあばずれを抱き込んじまいやがって……」

巳之吉は目を伏せた。

しかし、三枝は国造や巳之吉の言うとおりかもしれないと思った。たしかに町方が近くまで来ているのは気色《きしよく》悪い。三日後に押し込むのがいいか、今夜でもいいかと考える。

今夜だと店には主の伊兵衛がいる。都合、五人。五年前の与兵衛宅と同じ人数だ。

助をする杉蔵はいないが、代わりに国造がいる。

「それじゃ今夜やるか」

三枝は煙草盆を引き寄せながら言った。国造と巳之吉がはっと目を見開き、互いに顔を見合わせた。

「そうと決まったら、あっしはこれから花川戸へ行って今夜の宿を決めてきましょう」

「わたしも何かできることないかしら……」

尻をあげた国造を見ておくみが言った。

「おまえは見張りをやるだけだ。余計なことはしなくていい」

巳之吉が窘《たしな》めて、国造に早く行って来てくれと言った。

国造が家を出て行くと、三枝は膝許に畳んでいた太田屋の絵図面を広げた。

「これが太田屋だ。おれたちゃ裏の勝手口から家に入る。逃げるのも同じ勝手口だ。裏道は西福寺《さいふくじ》の脇だから、おそらく人通りはない。家に入ったら手早くことをすまして、さっさとずらかる」

三枝が絵図面を見ながら説明する。巳之吉とおくみが身を乗り出して図面を食い入るように眺める。

そのとき、出て行ったばかりの国造が戸口から飛び込んできた。

「町方がうろついてやがる」

三枝たちは一斉に国造を見て身を固めた。

十

伝次郎たちは本郷竹町の聞き込みをつづけていた。

与茂七が聞き込んだ湯屋で、たしかに三枝と同じ彫り物をした男の出入りがあることがはっきりとわかった。似面絵を見せると、この男にそっくりだという証言も得た。

本郷竹町は大きな町屋で、全部で九区画からなっていて、東西と南北に路地が走っている。

伝次郎も粂吉も与茂七も、似面絵を見せながら聞き込みをつづけていた。与茂七が聞き込みをした湯屋は、土地の者が湯屋横町と呼んでいる西側のなかほどにあった。

薪炭屋への聞き込みを終えたときだった。脇の路地から子供を抱いている佐吉があらわれ、与茂七がそれと気づいて声をかけた。

「なんだ、仕事に行ってねえのか」

与茂七が声をかけると、路地からおちよも出てきた。

「長吉が熱を出しちまったんだ。それで医者に診《み》せてきたところだ」

おちよは与茂七に気づいて頭を下げた。長吉のことが気になっているらしく、いつものあかるい顔ではなかった。長吉は熱があるせいか、おとなしく佐吉に抱かれている。

「旦那、佐吉の女房のおちよさんです。こちらが沢村の旦那だ」

与茂七が紹介すると、おちよは畏まって一礼した。

「これは初めまして……」

「熱が出ているらしいが、大丈夫なのか？」

伝次郎は佐吉が抱いている赤子を見て聞いた。

「薬をもらってきたんで、それで熱は下がるはずだと言われました」

「心配であるな」

「はい。すみません、急いで帰って寝かせたいので、失礼します」

おちよはまた腰を折って、長吉を抱いている佐吉を促して歩き去った。

与茂七が佐吉たちを見送ったとき、前方の道から粂吉が小走りにやってきた。

「旦那、わかりました。こっちです」

粂吉が告げると、

「一軒家か、それとも長屋か？」

と、伝次郎が聞いた。

「小さな一軒家です」

「その家に三枝はいるのか？」

「いえ、まだたしかめていませんで……」

伝次郎はそのまま粂吉を案内に立たせた。与茂七は心臓を高鳴らせた。やっと見つけたという思いがあり、気合いを入れるために下腹に力を込めた。

三枝の家は、通りを南に下った外れにあった。三十坪ほどの小さな家だ。木戸門を入った横に小庭があり、家には板塀をめぐらしてあった。雨戸と玄関は閉め切っである。

「粂吉、裏を見てこい」

伝次郎に指図された粂吉はすぐに駆け去った。

「旦那、三枝の他に巳之吉と女がいるはずです」

「わかっておる」

「どうするんです?」

与茂七は武者ぶるいをした。そのとき、粂吉が戻ってきて裏に勝手口があると言った。

「粂吉、与茂七、おまえたちは裏にまわれ」

「表に来てやがる」

雨戸の隙間から外の様子を見ていた巳之吉が三枝を振り返った。

「何人だ?」

三枝は刀を引き寄せて聞いた。

「三人だ。小者の二人は裏にまわったんじゃねえかな」

「おくみ、裏を見ろ」

三枝に言われたおくみは土間に下りて、裏の勝手口に行った。

「鉄さん、どうするんです？　捕り方が来たら逃げられませんよ」

小心者《しょうしんもの》の国造はうろたえている。

「慌てるんじゃねえ。こうなったら斬り合ってでも逃げるしかねえ。巳之吉、表にはひとりだけか？」

三枝はそう言いながら自分でたしかめるために腰をあげ、雨戸の隙間から表をのぞき見ている巳之吉のそばに行って節穴《ふしあな》に目をつけた。

木戸門のそばに着流し姿の男がいた。背が高く肩幅が広い。むんと引き結んだ口に、鷹《たか》のように鋭い目をしている。

「あれが町方か……」

「おれが闇討ちをかけた沢村って与力だ」

「腕はどうだ？」

「わからねえ。だが、並の腕じゃねえのはたしかだ。おれの仕掛け技をかわしやがったからな」

三枝は節穴から沢村の様子を眺めた。ここであきらめて捕まるわけにはいかない。捕まったら一巻の終わりだ。市中引き廻しのうえ磔《はりつけ》は免《まぬか》れまい。

(くそっ、なんでこうなっちまったんだ)

忌々《いまいま》しいが、もはやどうすることもできない。

「裏に二人の男がいるわ」

勝手口で外の様子を見ていたおくみが低声《こごえ》で告げた。

「他には?」

三枝はおくみを振り返った。他にはいないと言う。

表にひとり、裏に二人。三人ならどうにか切り抜けられるはずだ。

「巳之吉、おまえはあの沢村って町方を斬れ」

さっと巳之吉が顔を向けてきた。目をみはって「おれがやるのか」と、言う。

「おまえは沢村の腕を知ってるはずだ。こんなことになったのはおまえが、あのすれっからしのおしげに手をつけたせいだ。なんだ、その目は……」

「おしげに引き合わせたのは鉄さんですぜ」

「女にしろとは言わなかった。ただ引き合わせただけだ。そんなことはどうでもいい。とにかくおまえはあの沢村を始末しろ。おれは裏の二人を始末する」

「そのあとはどうするんで……」

「花川戸の柳屋って船宿で落ち合おう。その先のことは、それからの相談だ。頼むぜ」

三枝は巳之吉の肩をたたいて、国造とおくみのそばに戻った。

「裏から出る。裏の二人はおれが片づける。ついてこい」

十一

伝次郎は片開きの木戸門に手をかけて、そっと引き開けた。玄関の戸は閉まったままで、人の気配は感じられない。それでも足音を殺し、用心しながら戸口前に立った。

息を殺し耳をすましたときだった。目の前の戸が勢いよく開き、男が胸を狙って刀の切っ先で突きを送り込んできた。

伝次郎はとっさに跳びしさってかわしたが、相手は素速く詰めてきて大上段から袈裟懸《けさが》けに刀を振り下ろした。伝次郎は片膝立ちのまま抜いた刀で、相手の一撃を撥ねあげた。

相手は一間(約一・八メートル)ほど下がって中段に身構えた。巳之吉だった。

そして、いまの刀の使い方を見て、自分に闇討ちをかけたのが巳之吉だとわかった。

「きさまだったか」

伝次郎は小さく吐き捨て間合いを詰めた。巳之吉は下がらずに伝次郎の隙を窺う。斬り合うには狭すぎる空間だ。木戸口から玄関までは、わずか一間半ほどだ。両側には椿《つばき》と樅《もみ》の木があって刀を振るには邪魔である。

「三枝甲右衛門はどこだ? 家のなかか……」

伝次郎は一旦詰めたが、ゆっくり下がりながら問うた。巳之吉は答えずに間合いを詰めてくる。

そのとき、家の裏から「わっ!」とか「野郎!」という声が聞こえてきた。

巳之吉が上段から撃ち込んできたのはそのときだった。伝次郎は巳之吉の懐に飛び込むように動いた。

巳之吉の刀が風を切って振り下ろされてくる。だが、そのとき伝次郎の刀の切っ先が巳之吉の脇腹を貫いていた。

「ううっ……」

巳之吉の手から離れた刀が、伝次郎の背後の地面に落ちた。

伝次郎がさっと刀を引き抜き、体を離すと、巳之吉はそのまま膝から頽《くずお》れて倒れた。

「おお、おおっ……」

巳之吉は苦悶《くもん》の表情で貫かれた脇腹を押さえた。その指が真っ赤に染まった。

伝次郎は刀に血ぶるいをかけると、そのまま家のなかに飛び込んだ。裏の勝手口が開いていた。そのまま外に飛び出すと、粂吉と与茂七の背中が見えた。三枝を追っているのだ。

伝次郎は一散に駆けた。

三枝は国造とおくみといっしょに本郷の通りに出た。

「追ってくるわよ」

おくみがうしろを見て言う。その目が大きく見開かれた。粂吉と与茂七のうしろに沢村の姿が見えたからだ。

「いいから走れ」

三枝は苛立《いらだ》っていた。二人の小者を斬ろうとしたが、うまくいかなかった。ひとりを斬ろうとすると、もうひとりがうしろから撃ちかかってきたのだ。それに気を取られ、刀は空《くう》を切った。

さらに斬りかかっていったが、二人は敏捷《びんしょう》に間合いを外して下がった。だが、年嵩のほうを蹴り倒してやった。やれるのはそこまでで、三枝は逃げに転じた。

「もう息が……」

国造が息を喘がせていた。

「いいから走れッ」

叱咤《しった》するが、国造は息が苦しいと言って、

「鉄さん、こっちだ、こっちへ」

と、逃げ道を教える。三枝は釣られて国造の言う道に入った。木食寺のそばだった。

「巳之さんはどうなったの？」

おくみが走りながら言う。

「じきにやって来る。あとで落ち合うことにしてんだ」

三枝が言えば、

「鉄さん、人質を取っちまおう」

と、国造が言う。

「何が人質だ、そんな暇はねえ」

三枝は取り合わずに、早くしろとおくみを急かす。

「そこだ。鉄さん、そこの長屋だ」

「てめえ何を言ってやがる」

「佐吉の家だよ。そこがそうだ、女房と赤ん坊がいるんだ」

国造は勝手にその長屋の路地に駆け込む。一軒の家から出てきた男がいた。三枝はかっと目をみはった。相手も驚いたように目をまるくした。

「佐吉……」

三枝が声をかけると、佐吉は逃げるように家のなかに戻った。三枝はその家に飛び込んだ。国造とおくみがつづいて入ってくる。

「な、何なんです……」

佐吉が怯え顔で言えば、突然のことに言葉をなくしている女房が赤子を庇うように抱き寄せた。

「何もしねえから。しばらくここにいさせてくれ」

佐吉は赤子を抱いている女房を庇うように立った。

「ひどいことはしねえでください。赤ん坊は熱を出して弱ってんです」

「何もしねえさ。水をくれ。国造、やつらはどうだ。まだ追ってくるか？」

言われた国造がそっと戸口から外をのぞき見た。

「見えねえです。うまくまいたかもしれねえです」

「何ですか、どういうことですか。お願いですから出て行ってください」

佐吉の女房が泣きそうな顔で訴えた。

## 十二

「まずいです」

与茂七は追いついてきた伝次郎に顔を向けた。

「どうした?」

「佐吉の長屋に逃げ込んでんです」

「なに……」

伝次郎は眉宇をひそめた。

「佐吉と女房と赤子を人質にされたら手の出しようがありません」

与茂七は困惑顔で言う。

「三枝は佐吉の家に入ったのか?」

「おそらく」

与茂七はそう言って木戸口に立ち、長屋の路地を見た。奥の井戸端でひとりのおかみが洗い物をしていた。そのとき「出て行ってください!」と、おちよの悲鳴じみた声が聞こえてきた。

井戸端で洗い物をしていたおかみが驚いたように顔をあげた。同時に赤子の泣き声がした。

与茂七はにぎり締めた拳をぶるぶるふるわせた。佐吉は改心してようやく幸せをつかんでいる。一人前の仕事をやっている。あかるくて気立てのよい女房をもらい、子供もできたばかりだ。

長吉、長吉と言って、自分の赤ん坊をあやす佐吉の顔が脳裏に浮かぶ。

「佐吉ー！」

与茂七は声を張って一歩踏み出した。

「やめろ」

伝次郎が肩をつかんで制したが、与茂七は頑《がん》としてその場を動かなかった。そして伝次郎に顔を向けた。

「おれが話します。佐吉一家に災いを降りかからせちゃならねえんです。やつの幸せを壊すやつをおれは許せません」

与茂七はそのまま路地に足を進めた。伝次郎は待てと引き止めたが、与茂七は聞かずに佐吉の家の戸口前に立った。熱を出している長吉が泣きつづけている。

「三枝、三枝甲右衛門、出てこい！」

与茂七は声を張りあげながら、閉まっている腰高障子に手をかけた。そのまま思い切り引き開けた。ばちんと戸が音を立て、家のなかにいる者たちと目があった。

佐吉は顔色をなくして台所の流しの前に立っていた。おちよが居間の隅で、泣き叫ぶ長吉を抱いて小さくなっていた。国造と巳之吉の女は居間の上がり口に腰掛けていた。

佐吉の前にいる三枝が、抜き身の刀を持ったままにらんでくる。

「どうするつもりだ。ここから逃げられやしねえんだ。三枝、これ以上罪を重ねることはねえだろう。人の幸せを踏みにじるのが生き甲斐じゃないはずだ。あんたも人の子だろ。あんただって命が惜しいんだろう。なんで、罪もない者を道連れにするようなことをするんだ。男なら潔く観念してくれねえか」

「黙れッ」

三枝が一歩踏み出した。与茂七は下がらなかった。右手に持っている十手を強くにぎった。

「斬るなら斬ればいい。だが言っとくぜ。おれを斬ってもきさまは助からねえんだ。いずれ罪を償うことになる。それでも悪事を重ねるつもりか。みんな苦労しながら幸せをつかもうとしてるんだ。いい年をしてるんだから、そんな人の気持ちぐらいわかるだろう。罪もないやつに迷惑をかけねえでくれ」

「野郎、しゃらくせぇ！　てめえのような若僧に説教されるおれじゃねえ！」

いきなり三枝は与茂七の胸に向けて刀を突き出してきた。

「うわー」

与茂七は思わず跳びしさり、向かい側の家の腰高障子に背中からぶつかって倒れた。

そこへ三枝が飛びかかるように出てきた。与茂七は斬られると目をつぶった。

キーン。耳障りな鋼《はがね》の音がひびいた。

同時に三枝がどぶ板を踏み割って尻餅をついた。伝次郎が横合いから三枝の刀を撃ち返したのだ。

三枝は素速く立ちあがって、腰を低く落として刀を構え直した。伝次郎はゆっくり間合いを詰める。

「三枝、観念するのだ」

伝次郎は諭したが、三枝はすくいあげるように刀を振った。伝次郎は軽く下がってかわす。さらに三枝は突きを送り込んだ。

伝次郎はその突きを打ち払うなり、柄頭《つかがしら》を三枝の顔面にたたき込んだ。

三枝は鼻血を噴きだしながら、のけぞるようにうしろに倒れた。伝次郎はすかさず間合いを詰め、三枝の喉元に刀の切っ先をぴたりとつけた。

三枝はそのことで動けなくなった。伝次郎は三枝が落とした刀を遠くへ蹴飛ばし、

「三枝、ここまでだ」

と言うなり、素速く捕縄《とりなわ》で三枝の両腕を縛りながら、

「粂吉、与茂七、家のなかにいる男と女を押さえるのだ」

と、指図した。

粂吉が急いで佐吉の家のなかに飛び込み、国造を組み敷けば、与茂七も急いで立ちあがり、おくみを取り押さえてうしろ手に縛りあげた。

佐吉はほっと胸を撫で下ろした顔をしていたが、おちよは泣きやまない長吉を抱いたままふるえていた。

「佐吉、騒がせたな。もう心配はいらぬ」

三枝をうしろ手に縛りあげた伝次郎が戸口前にあらわれた。

「粂吉、与茂七、こいつらを番屋に引っ立てる。ついてまいれ」

伝次郎が三枝をしょっ引いて去ると、粂吉が国造を表に引き出した。与茂七もお

くみを立たせてあとにつづき、

「佐吉、おちよさん、とんだ災難だったが、もう心配はいらねえよ」

と、二人を見て微笑んで戸口を出た。

「与茂七」

すぐに佐吉が追いかけてきた。与茂七が振り返ると、

「ありがとう。すまねえ。ありがとう」

と、目をうるませて深々と頭を下げた。

「あやまらなきゃならないのは、おれのほうだ。おれがおまえに助をさせたせいだ。すまなかった」

「そんなことはねえよ。与茂七、ありがとうよ。おめえはいいやつだな」

佐吉の目に光るものが浮かび、それが頬をつたった。

「おまえもいい親になった。いい職人になった。おれはそれを知って、嬉しかった」

与茂七は声をつまらせ胸を熱くした。

「それじゃ、また遊びに来るよ」

佐吉は涙を堪《こら》えながら何度もうなずいた。

*

鉄蔵こと三枝甲右衛門、国造、おくみ、そしておしげの取り調べを茅場町《かやばちょう》の大番屋にて二日をかけて行った伝次郎は、それぞれの証言に基づいた口書《くちがき》を取った。おしげは三枝と以前からの顔見知りではあったが、直接事件に関わっていないことが判明し、大番屋からそのまま放免となった。

これはある意味、伝次郎の目こぼしでもあったが、おしげは三枝らが襲った与兵衛宅にいかほどの金が貯め込まれていたかは知らなかった。ただ、金の隠し場所を知っていただけで、それを三枝に聞かれ口を滑らしていたのだった。

事件後はおりきが証言したとおり三枝らと接触することはなく、再び関わりを持つようになったのは三枝らが逃げていた千住から江戸に戻ってきた二年前のことで、それも巳之吉にほだされて半年前から囲われ者になっていただけであった。

三枝の狙いは懐に所持していた絵図面から判明した。絵図面は御蔵前の札差「太田屋」伊兵衛方の間取図で、三枝は押し込みの支度を進めていたのだ。

その悪計は三枝以下、巳之吉、おくみ、そして国造の四人で実行する予定だった。

そして、三枝は五年前に長峰与兵衛宅に押し入っているが、やはり伝次郎の推量どおりひとりではなく、杉蔵と巳之吉の助があったことがわかった。

盗んだ金は三百二十両あまりだったが、その金は逃亡先の千住宿で湯水のように使い、また二年前江戸に戻ってからも贅沢三昧《ぜいたくざんまい》の暮らしをしたせいで蓄えは底をついていた。

窮《きゅう》した三枝は、一度盗みで味をしめているので、ふたたび計画を立てたのだ。そのために、ほうぼうの盗賊一味と繋がりのある国造を仲間に引き入れていたのであった。

また、随身門の貫太郎一家の賭場に乗り込んだ貞方栄之進を杉蔵が刺したのは、やはり三枝を追っていた貞方のことを知っていたからだった。

貞方のことは岡っ引きの文七の子分に探りを入れて知り、江戸に戻ってきた三枝らは十分な警戒をしていたのだが、そこへ突然貞方が賭場へ乗り込んできたので、捕縛されると思った杉蔵が血迷って刺したのだった。

三枝はそのことで逃げることができたのだが、その後は目立たないような暮らしをつづけ、札差「太田屋」にひそかに狙いをつけていたのだった。

伝次郎は三枝らを小伝馬町の牢屋敷に送り届けると、ようやくひと息ついた。

「旦那、ひとつ聞いていいですか？」

牢屋敷をあとにしながら与茂七が聞いてきた。

「何だ……」

「なぜ、三枝を斬らなかったのです？　おれはてっきり旦那が斬り捨てるものだと思っていました」

伝次郎はふっと口辺に笑みを浮かべた。

「相手がどんな悪党であろうが無闇に斬るものではない。それに三枝は、御政道《ごせいどう》に従い鉄槌《てっつい》を下さなければならぬ悪党。いずれ死罪は免れぬとわかってはいるが、あのとき斬ってしまえば与兵衛一家を襲った真相はわからぬままになったはずだ」

「……そういうことでしたか、なるほど」

与茂七は感心顔で腕を組む。

「だけど与茂七、おまえを見直したぜ」

条吉が頬を緩めて与茂七を見た。

「佐吉の家に三枝が逃げ込んだとき、おまえは止めようとする旦那を振り切って、三枝を説得にかかった。友達思いからのことだろうが、なかなかできることじゃない」

「与茂七、おれもあのとき勇気をふるったおまえに感心したものだ。立派な振る舞いだった」

伝次郎に言われた与茂七は照れくさそうな笑みを浮かべ、

「いや、さほどのことじゃないですよ。じつは怖かったんですけどね」

と、ぺろっと舌を出した。

「さて、おれはお奉行に此度の一件の一切をお伝えしなければならぬ。おまえたちは先に帰っておれ。今夜は何かうまいものをみんなで食いに行こう」

伝次郎は江戸橋をわたったところで、条吉と与茂七と別れ、町奉行所に向かった。

春の空はよく晴れわたっており、心地よい風が清らかな鶯の声を運んできた。

光文社文庫

文庫書下ろし／長編時代小説

鉄《てつ》　槌《つい》　隠密船頭《おんみつせんどう》（十四）

著　者　稲《いな》　葉《ば》　稔《みのる》

2024年12月20日　初版1刷発行

発行者　三　宅　貴　久
印　刷　新　藤　慶　昌　堂
製　本　ナショナル製本

発行所　株式会社　光　文　社
〒112-8011　東京都文京区音羽1-16-6
電話（03）5395-8147　編　集　部
8116　書籍販売部
8125　制　作　部


ISBN978-4-334-10530-3　Printed in Japan



組版　萩原印刷

# 岡本綺堂
# 半七捕物帳
## 新装版 全六巻

岡っ引上がりの半七老人が、若い新聞記者を相手に昔話。功名談の中に江戸の世相風俗を伝え、推理小説の先駆としても輝き続ける不朽の名作。シリーズ68話に、番外長編の「白蝶怪」を加えた決定版!

【第一巻】
お文の魂
石燈籠
勘平の死
湯屋の二階
お化け師匠
半鐘の怪
奥女中
帯取りの池
春の雪解
広重と河獺
朝顔屋敷
猫騒動
弁天娘
山祝いの夜

【第二巻】
鷹のゆくえ
津の国屋
三河万歳
槍突き
お照の父
向島の寮
蝶合戦
筆屋の娘
鬼娘
小女郎狐
狐と僧
女行者
化け銀杏

【第三巻】
雪達磨
熊の死骸
あま酒売
張子の虎
海坊主
旅絵師
雷獣と蛇
半七先生
冬の金魚
松茸
人形使い
少年少女の死
異人の首
一つ目小僧

【第四巻】
仮面
柳原堤の女
むらさき鯉
三つの声
十五夜御用心
金の蠟燭
ズウフラ怪談
大阪屋花鳥
正雪の絵馬
大森の鶏
妖狐伝

【第五巻】
新カチカチ山
唐人飴
かむろ蛇
河豚太鼓
幽霊の観世物
菊人形の昔
蟹のお角
青山の仇討
吉良の脇指
歩兵の髪切り

【第六巻】
川越次郎兵衛
廻り燈籠
夜叉神堂
地蔵は踊る
薄雲の碁盤
二人女房
白蝶怪

光文社文庫